TAKIS WÜRGER

STELLA

Roman

Carl Hanser Verlag

Erscheint als Hörbuch bei Random House Audio,
gelesen von Valery Tscheplanowa und Robert Stadlober

1. Auflage 2019

ISBN 978-3-446-25993-5
© 2019 Carl Hanser Verlag GmbH & Co. KG, München
Umschlag: Peter-Andreas Hassiepen, München
Motiv: Stella Goldschlag. C Rep. 375-01-07 Nr. 147 A2 Bl 1 Foto 03
© Landesarchiv Berlin
Satz: Satz für Satz, Wangen im Allgäu
Druck und Bindung: Friedrich Pustet, Regensburg
Printed in Germany

Teile dieser Geschichte sind wahr.
Bei den kursiv gedruckten Textstellen handelt es sich
um Auszüge aus den Feststellungen eines sowjetischen
Militärtribunals. Die Gerichtsakten liegen heute im
Landesarchiv Berlin.

Für meinen Urgroßvater Willi Waga,
der 1941 während der Aktion T4 vergast wurde.

Im Jahr 1922 verurteilte ein Richter Adolf Hitler zu drei Monaten Gefängnis wegen Landfriedensbruchs, ein englischer Forscher entdeckte das Grab Tutanchamuns, James Joyce veröffentlichte den Roman Ulysses, die Kommunistische Partei Russlands wählte Josef Stalin zum Generalsekretär und ich wurde geboren.

Ich wuchs auf in einer Villa außerhalb des Ortes Choulex bei Genf, mit Zedern davor, siebzehn Morgen Land und Leinenvorhängen an den Fenstern. Im Keller lag eine Planche, auf der ich Fechten lernte. Auf dem Dachboden lernte ich, Kadmiumrot und Neapelgelb am Geruch zu erkennen und wie es sich anfühlt, mit einem Stock aus geflochtenem Rattan geschlagen zu werden.

Dort, wo ich herkomme, beantwortet man die Frage, wer man ist, mit den Namen der Eltern. Ich könnte sagen, dass Vater in dritter Generation einen Konzern leitete, der Samt aus Italien importierte. Ich könnte sagen, dass Mutter die Tochter eines deutschen Großgrundbesitzers war, der sein Gut verlor, weil er zu viel Armagnac trank. »Verschnapst«, würde Mutter sagen, was ihren Stolz nicht minderte. Sie erzählte gern, dass die gesamte Führungsriege der Schwarzen Reichswehr zu seiner Beerdigung gekommen war.

Abends sang Mutter Schlaflieder von Sternschnuppen, und wenn Vater reiste und Mutter gegen die Einsamkeit trank, ließ sie den Tisch im Speisesaal an die Wand schieben, legte Schellackplatten auf und tanzte Wiener Walzer mit mir. Ich musste weit nach oben greifen, um meine Hand an ihr Schulterblatt zu legen. Sie sagte, ich würde gut führen. Ich wusste, dass sie log.

Sie sagte, ich sei der schönste Junge Deutschlands, obwohl wir nicht in Deutschland lebten.

Manchmal durfte ich ihre Haare mit einem Kamm aus Büffelhorn kämmen, den Vater ihr mitgebracht hatte, und sie sagte, wie Seide sollen sie sein. Sie ließ mich versprechen, dass ich, wenn ich als Mann eine Ehefrau hätte, dieser Frau die Haare kämme. Ich betrachtete Mutter im Spiegel, wie sie mit geschlossenen Augen vor mir saß und wie ihr Haar schimmerte. Ich versprach es.

Wenn sie in mein Zimmer kam und mir eine gute Nacht wünschte, legte sie beide Hände an meine Wangen. Wenn wir spazieren gingen, hielt sie meine Hand. Wenn wir in die Berge stiegen und sie oben sieben oder acht Gipfelkurze trank, war ich glücklich, dass ich sie stützen durfte beim Abstieg.

Mutter war Künstlerin, sie malte. In unserer Diele hingen zwei ihrer Bilder, Öl auf Leinwand. Ein Stillleben, Großformat, das Tulpen und Trauben zeigte. Und ein kleines Gemälde, die Rückenansicht eines Mädchens, das seine Arme über dem Kreuzbein verschränkte. Ich schaute das Bild lange an. Einmal versuchte ich, die Finger zu verschränken wie das Mädchen auf dem Bild. Es gelang mir nicht. Meine Mutter hatte eine so unnatürliche Drehung der Handgelenke abgebildet, dass jedem echten Menschen die Knochen gebrochen wären.

Mutter sprach oft darüber, was für ein großer Maler ich sein würde, und selten darüber, wie sie malte. Wenn es spät wurde, erzählte sie davon, wie leicht das Malen gewesen sei in ihrer Jugend. Sie hatte sich als Mädchen an der Allgemeinen Malerschule der Wiener Kunstakademie beworben und war in der Prüfung an der Kohlezeichnung gescheitert. Vielleicht war sie auch abgelehnt worden, weil damals kaum Frauen an den Akademien studieren durften. Ich wusste, ich durfte nicht danach fragen.

Mit meiner Geburt hatte Mutter den Entschluss gefasst, dass ich an ihrer Stelle die Kunstakademie in Wien besuchen würde oder mindestens die Akademie der Bildenden Künste in München. Ich sollte mich hüten vor allem, was darunter lag, vor der Kunstschule Feige und Strassburger in Berlin oder der Zeichenschule Röver in Hamburg, das seien verjudete Läden.

Mutter zeigte mir, wie man einen Pinsel hält und wie man Ölfarben anrührt. Ich gab mir Mühe, weil ich sie glücklich machen wollte, und lernte weiter, wenn ich allein war. Wir fuhren nach Paris, schauten uns in der Galerie nationale du Jeu de Paume die Bilder Cézannes an, und Mutter sagte, wenn irgendwer einen Apfel zeichne, müsse der so aussehen wie bei Cézanne. Ich durfte Mutters Leinwände grundieren, ging Hand in Hand mit ihr durch die Museen und versuchte, mir alles zu merken, wenn sie in einem Bild die Farbtiefe lobte und in einem anderen die Perspektive kritisierte. Ich sah sie nie malen.

*

Im Jahr 1929 kollabierte in New York die Börse, bei den Landtagswahlen in Sachsen gewann die NSDAP fünf von sechsundneunzig Sitzen, und in meinen Heimatort fuhr kurz vor Weihnachten eine Kutsche.

Sie glitt auf Kufen über den Schnee. Auf dem Bock saß, in einem bodenlangen Mantel aus dunkelgrünem Loden, ein Fremder. Vater würde ihn auch mit Hilfe der Gendarmerie nie finden. Es blieb ungeklärt, warum der Mann ein Ambosshorn neben sich auf dem Kutschbock transportierte.

Wir waren vielleicht ein Dutzend Jungen und warfen vom Kirchplatz aus mit Schneebällen nach dem metallenen Hahn auf dem Turm.

Ich weiß nicht, wer als Erstes auf den Kutscher warf. Die Schneekugeln kreuzten sich in ihren Flugbahnen und zerplatzten am Holz des Kutscherhauses. Ein Schneeball traf den Mann an der Schläfe, ich glaubte, es war meiner. Ich hoffte, die anderen Jungen würden mich dafür mögen. Der Mann zuckte nicht.

Er zügelte das Pony. Er ließ sich Zeit dabei, stieg vom Bock, flüsterte in das Ohr des Tieres und ging auf uns zu. Als er vor uns stand, tropfte Schmelzwasser in seinen Kragen.

Wir waren jung, wir liefen nicht weg. Angst musste ich noch lernen. Der Kutscher trug etwas Kurzes, Geschmiedetes, Dunkles in der Hand.

Er sprach Urnerdeutsch, meine ich, einen Dialekt, den man selten hörte in meiner Gegend.

»Wer hat den auf mich gemünzt?«, fragte er leise und betrachtete uns. Ich hörte, wie der Schnee unter meinen Sohlen knisterte, er war überfroren und glitzerte. Die Luft roch nach nasser Wolle.

Vater hatte mir gesagt, die Wahrheit sei ein Zeichen von Liebe. Die Wahrheit sei ein Geschenk. Damals war ich mir sicher, dass das stimmte.

Ich war ein Kind. Ich mochte Geschenke. Was Liebe war, wusste ich nicht. Ich machte einen Schritt.

»Ich.«

Die Spitze des Ambosshorns durchdrang meine rechte Wange am Kiefergelenk und öffnete mein Gesicht bis zum Mundwinkel. Ich verlor zwei Backenzähne und einen halben Schneidezahn. Daran habe ich keine Erinnerung. Ich erinnere mich wieder, als ich in Mutters graue Augen schaute. Sie saß an meinem Krankenhausbett und trank Tee mit Kornbrand darin, den sie aus einer Isolierkanne einschenkte. Vater war auf Reisen.

»Ich bin so froh, dass deiner Malhand nichts passiert ist«, sagte Mutter. Sie strich über meine Finger.

Durch meine Wange zog sich ein in Karbolsäure getränkter Faden. Die Wunde entzündete sich. In den kommenden Wochen ernährte ich mich von Hühnerbrühe, die unsere Köchin täglich auskochte. Anfangs sickerte die Brühe durch die Naht.

Die Medikamente betäubten mich. Erst als ich in den Spiegel schaute, begriff ich, dass ich durch den Schlag des Kutschers die Fähigkeit verloren hatte, Farben zu sehen.

Manche Menschen können Rot und Grün nicht unterscheiden, ich hatte alle Farben verloren. Karmesin, Smaragd, Violett, Purpur, Azur, Blond, das waren für mich nur noch Namen für verschiedene Schattierungen von Grau.

Die Ärzte würden von cerebraler Achromatopsie sprechen, einer Farbsinnstörung, die manchmal bei älteren Menschen nach einem Hirnschlag auftrete.

Das verwächst sich, würden sie sagen.

Mutter legte mir einen Zeichenblock auf die Knie und brachte mir eine Schatulle Buntstifte. Die habe sie aus Zürich besorgen lassen, damit wir im Krankenhaus den Unterricht fortsetzen könnten.

»Die Farben sind weg«, sagte ich. Ich wusste, wie wichtig ihr das Malen war.

Mutter legte den Kopf schief, als hätte sie mich nicht gehört.

»Mama, Entschuldigung, ich … ich sehe die Farben nicht mehr.«

Sie ließ einen Arzt kommen, ich musste ein paar Bilder anschauen und bekam eine Flüssigkeit ins Auge geträufelt.

Der Arzt erklärte Mutter, dass das manchmal vorkomme, so schlimm sei es ja nicht, die Vorführungen des Lichtspielhauses seien ohnehin schwarzweiß.

»Entschuldigung, Mama«, sagte ich, »entschuldige bitte. Mama?«

Der Arzt sagte, es sei ein Wunder, dass in meinem Gesicht das Geflecht des Nervus facialis heil geblieben war. Hätte es Schaden genommen, wäre ich im Sprechen behindert und Speichel würde aus meinem Mund tropfen. Der Arzt sagte etwas von Glückskind. Mutter saß daneben. Sie trank in großen Schlucken.

*

Mutter schickte ein Telegramm nach Genua zu Vater. Er fuhr die Nacht durch.

»Meine Schuld«, sagte ich.

»Schuld gibt es gar nicht«, sagte er.

Er blieb im Krankenhaus und schlief auf einer Metallpritsche bei mir.

Mutter sagte: »Was sollen die Leute denken?«

Vater sagte: »Sollte uns das kümmern?«

Wenn die Narbe pochte, erzählte er mir Märchen, die er auf Reisen zu den Samthändlern von Peschawar gehört hatte. Vater schenkte mir eine alte mit Rosenmotiven verzierte Metallschatulle aus Haifa, deren Deckel klemmte und von der er sagte, sie mache Wünsche wahr, wenn wir dreimal gegen den Uhrzeigersinn über den Rand strichen. Mutter sagte, wenn der Tand nicht verschwinde, bleibe sie fort.

Mutter berührte mich kaum noch. Als ich beim Spazieren nach ihrer Hand griff, erschrak sie. Wenn sie mir gute

Nacht sagte, blieb sie in der Tür stehen und schaute aus dem Fenster, obwohl es draußen finster war. Vater ging wieder auf Reisen.

Kurz nach meiner Verletzung trank Mutter einmal so, dass sie im Speisesaal liegen blieb und ich sie zusammen mit der Köchin in ihr Zimmer tragen musste.

Mutter stieg nachts allein auf die Almen und zu Hause schloss sie sich manchmal zwei Tage am Stück mit ihren Leinwänden ein. Ich war acht Jahre alt und wusste nicht, ob es meinetwegen war.

*

Mein liebster Ort wurde der See hinter dem Minoritenkloster. An einer Seite war er von einer moosigen Mauer eingefasst und an der anderen von einer Felswand.

Am See lag ich im Schilf und rauchte Zigaretten aus Tabak, den ich aus den Zigarren meines Vaters gezupft hatte. Die Köchin zeigte mir, wie man mit Hilfe eines Stocks, einer Schnur und eines verbogenen Nagels Saiblinge angelt. Später nahm die Köchin die Fische aus, füllte sie mit gehacktem Knoblauch und Petersilie, bevor wir sie über Feuer am Ufer grillten und zu heiß aßen.

Die Köchin zeigte mir, wie man den Nektar aus den Blüten des Flieders saugt.

Ich half beim Flechten des Hefezopfes und trug der Köchin die Kanne von der Melkalm zu unserem Haus. Manchmal fischten wir die Milchhaut ab und teilten sie.

In der Zeit, in der andere Jungen Freunde fanden und mit

heimbrachten, wusste ich, das ging nicht, weil Mutter da war. Vielleicht ertrug ich die Einsamkeit, weil ich nicht vermissen konnte, was ich nicht kannte.

Mutter trank Arak, der sich trübte, wenn sie ihn mit Eiswasser aufgoss. Ich stellte mir vor, sie würde Milch trinken.

In den See führte ein Steg, der bei Hitze in der Sonne knackte. Einmal stand ich dort im Herbst an der vorderen Kante, als es dämmerte, und warf flache Steine übers Wasser. Wenn die Köchin und Vater keine Zeit für mich hatten und Mutter mehrere Tage durchtrank, fühlte ich mich unsichtbar.

Ich betrachtete die Felswand und fragte mich, warum ich nie jemanden hatte springen sehen.

Ich zog mich an Gräsern und Felsvorsprüngen die Steinwand hoch. Von oben konnte ich auf den Grund des Sees schauen und sah, wie sich die Algen wiegten. Ich rannte bis ans Ende der Felsen und weiter in die Luft. Der Aufprall war hart an meinen Ledersohlen, das Wasser rauschte mir in den Ohren und war kalt. Als ich an die Oberfläche kam, fiel es mir schwer zu atmen, aber ich hatte genug Luft, um einen Schrei auszustoßen. Ich sah die Wellen, die mein Aufprall im Wasser hinterlassen hatte.

Mit tropfenden Hosenbeinen trat ich auf die Küchenfliesen. Die Köchin walkte Teig und fragte, wessen Idee es gewesen sei. Ich wusste nicht, was ich sagen sollte. Fallen kann man nur allein, dachte ich. Ich lehnte mich gegen den warmen Ofen. Die Köchin schlug mit der Hand gegen die Kacheln, dass Mehl staubte. Sie gab mir ein Handtuch.

Vater ließ mich an diesem Abend rufen. Wenn er daheim war, saß er meist in seiner Bibliothek. Er las gern und lang, russische Romane, Philosophie aus dem Orient, Haikus.

Ich wusste, dass Vater und Mutter sich nicht liebten.

Zwischen den Fingern drehte ich die Blütenrispe eines Schilfrohrs, das ich am Ufer gepflückt hatte.

»Die Patres sagen, du bist gesprungen«, sagte Vater.

Ich nickte.

»Warum?«, fragte er.

Ich schwieg.

»Weißt du, dass Schweigen manchmal schlimmer ist als Lügen?«, fragte er.

Er zog mich auf die Lehne seines Lesesessels.

Wir lauschten dem Ticken der Uhr.

»Wieso ist es schön zu fallen, Papa?«

Er dachte lange nach. Leise begann er, eine Melodie zu summen. Nach ein paar Minuten hielt er inne. »Weil wir dumm sind«, sagte er.

Wir schwiegen gemeinsam.

Er schüttelte den Kopf. Seine Hände auf meinen Schultern waren schwer, er roch wie seine Bücher.

»Was ist denn Junge? Ich kenne diesen Blick.«

»Geht es Mutter gut?«

Er atmete tief ein.

»Sie …«, sagte er. Er verzog das Gesicht. »Deiner Mutter … es ist alles in Ordnung, sei lieb zu ihr.«

Ich verstand, was er meinte und dass es leichter sein würde zu schweigen. Schweigen wurde meine Art zu weinen.

»Wir halten das aus«, sagte Vater, er legte mir eine Hand in den Nacken.

Ich nickte. Er schaute mich an. Ich wusste, ich würde immer wieder springen.

*

Wenn ich an zu Hause denke, fallen mir die Sonnenblumenfelder ein, die sich hinterm Haus bis zum Wald über die Hügel zogen.

Unsere Köchin mochte Sonnenblumen nicht, weil sie keinen Duft haben, sagte sie. Sie sagte, die Sonnenblume locke die Bienen mit ihrer Schönheit, aber in ihrem Inneren steckten keine Nektartropfen, nur hässliche Kerne.

Ich lief in die Felder, um den Geruch der Blumen zu finden, und zwischen den Blütenköpfen stellte ich fest, dass die Köchin sich irrte. An heißen Sonnentagen, wenn die Hitze in die Pollen brannte, dufteten die Sonnenblumen, zart zwar, aber ich roch sie. Und als ich ihren Duft erkannt hatte, roch ich ihn manchmal, wenn ich zum Schlafen das Fenster offen ließ.

Es war wichtig, gut riechen zu können. Ich konnte den Alkohol schon im Flur riechen, wenn ich heimkam.

Ich fragte den Imker und die Gärtnerinnen, wonach Sonnenblumen dufteten, aber niemand wusste es. Ich glaubte, es bedeutet etwas, dass ich die Blumen riechen konnte.

*

Im Jahr 1935 trank Mutter eine Flasche Kartoffelschnaps auf die Verkündung der Nürnberger Gesetze. Mutter schenkte oft nach. Ich saß daneben und zählte mit. Sie hob das Glas auf das Wohl Adolf Hitlers, den sie Adolphe nannte, als wäre er ein Franzose.

An diesem Abend, als Mutter auf dem Parkett des Tanzsaals schlief, ging ich in die Küche. Die Köchin saß weinend am Ofen und aß zum Trost frisch aufgeschlagene Buttercreme mit einem Holzlöffel. Ich strich ihr über die Wange, wie Vater es bei mir gemacht hatte, als ich klein gewesen war.

Ein paar Tage später belauschte ich einen Streit zwischen Mutter und Vater, in dem sie verlangte, dass er die Köchin entließ, deren Challa sie morgens gern aß. Mutter nannte sie Saujüdin. Vater sagte, er werde niemanden entlassen.

Mutter war fast nur noch bei ihren Leinwänden. Wenn sie nicht malte, lehnten die Leinwände verkehrt herum an der Wand auf dem Dachboden. Niemand durfte sie anschauen.

Am Abend, nachdem er sich mit Mutter gestritten hatte, kam Vater an mein Bett. Ich stellte mich schlafend, er setzte sich im Schneidersitz ans Fußende und sagte: »Junge, eine Sache …«, er machte eine lange Pause. Ich war mir nicht sicher, ob er den Satz zu Ende bringen würde. »Der Herrgott hat alles Mögliche gemacht, weißt du? Amseln und Elefanten … Gott wohnt in jedem Wesen, steht bei

Lukas. Verstehst du, Junge? Wir müssen gut auf sie Acht geben, auf die Wesen.«

Mir war der Ernst in seiner Stimme unangenehm. Ich antwortete nicht. Er kniff mir in den Fuß und sagte: »Ich weiß, dass du wach bist.«

*

Im Jahr 1938 wurde in Berlin die Wanderausstellung »Entartete Kunst« eröffnet, in Deutschland brannten in einer Nacht 1406 Synagogen und Betstuben und im Spätsommer ging ich mit dem Sohn der Köchin ins Sonnenblumenfeld, wir waren schon so groß, dass wir über die Blüten schauen konnten. Der Sohn der Köchin war behindert, er konnte nicht rechnen, er konnte sich nichts merken, und er kaute ständig auf seiner Unterlippe. Ich mochte ihn.

»Riechst du sie?«, fragte ich und legte meine Hand von unten um einen Blütenkranz. Der Sohn der Köchin schüttelte den Kopf.

An diesem Tag zog ein Gewitter auf, ein Blitz würde eine alte Esche in unserem Garten spalten und der Regen die Blumen abknicken. Der Gärtner würde die Blütenköpfe sammeln, um Sonnenblumenkerne zu retten, und er würde fluchen und Gott ein Rattengesicht nennen.

Wir gingen durchs Feld, die ersten warmen Tropfen fielen auf meine Stirn. Kurz vor unserem Haus kamen wir an eine Gabelung des hartgetretenen Pfades. Der eine Weg führte nach Hause, der andere zur Melkalm.

Seit ich denken konnte, graste auf der Melkalm ein Ziegenbock, den die Bäuerin dort an ein Gatter gebunden hatte. Im Tal wussten alle, dass er Hieronymus hieß.

Sein Fell war weiß und lang, er gehörte zur Rasse der Gletschergeißen. Die Gipfelsonne hatte ihn vor Jahren erblinden lassen. Ich hätte ihn gern gestreichelt, aber er war bissig. Morgens, wenn ich Milch holte, warf ich ihm manchmal Blätter unserer Brombeersträucher hin.

Unter den Kindern des Tals war es eine Mutprobe, Hieronymus an den Hörnern zu ziehen. Einmal sah ich, wie der Sohn des Senners dem Ziegenbock in den weichen Bauch trat.

Am Tag, als wir ins Sonnenblumenfeld gelaufen waren, prasselte der Regen auf unsere Gesichter. Wir formten Trichter aus Ahornblättern und tranken Regenwasser. Ich freute mich auf unser Haus und dass es warm darin war und auf Vater, der daheimblieb in diesen Tagen. Ich dachte daran, was er über die Wesen der Schöpfung gesagt hatte, und schaute durch den Regen über die Wiesen hoch zur Melkalm. Morgens hatte der Ziegenbock am Gatter gestanden. Die ersten Blitze zuckten über den Himmel. Der Sohn der Köchin weinte. Ich nahm ihn an der Hand und brachte ihn zum Dienstboteneingang unseres Hauses. Ohne ein Wort der Erklärung drehte ich mich um und rannte in den Regen.

»Donner«, rief der Sohn der Köchin, »Donner.«

Der Regen war warm. Der Aufstieg fiel mir leicht, ein paarmal rutschte ich aus.

Ich hatte gelernt, meinen Augen zu misstrauen, und wunderte mich nicht, als die Blitze auf der Melkalm vom Gras in den Himmel schlugen. Der Donner krachte. Am Gatter kauerte Hieronymus auf dem Boden. Er hatte das Maul ins Gras gelegt und die Augen geschlossen, als wartete er auf den Tod. Vielleicht schlief er auch nur, weil ihn das Gewitter nicht interessierte.

Ich entknotete das Seil, das am Gatter festgebunden war. Hieronymus schnappte in meine Richtung. Ich blieb stehen. Manchmal tut es weh, wenn man das Richtige tut.

Hieronymus biss mir in die linke Hand. Die Zähne waren ihm Jahre vorher ausgefallen. Er biss ins Leere, dann biss er in meine rechte Hand, die ich nach ihm ausstreckte.

»Ich bin doch der mit den Brombeerblättern.«

Der Regen perlte vom Fell, das hell und borstig war. Ich zog am Strick. Ich legte Hieronymus die Hand aufs Maul. Er biss nicht mehr, er stand still. Vielleicht hat er das Gehen verlernt, weil er zu lange angebunden war, dachte ich. Ich kniete mich vor ihm in die Wiese und legte ihn mir quer über die Schultern. Seine Rippen drückten auf meine Schlüsselbeine.

Der Ziegenbock war mager, aber schwerer, als ich es mir vorgestellt hatte. Er stank nach Stall. Meine Oberschenkel zitterten.

»Entschuldigung, dass ich dich nicht beschützt habe, als du getreten wurdest«, sagte ich. Ich erzählte dem Ziegenbock an diesem Tag, was ich sonst niemandem sagte. Wie ich Mutter vermisste, obwohl sie da war. Wie ich mich unsichtbar fühlte. Dass ich nie lügen wollte, weil dann das

Leben verschwendet war. Beim Abstieg stürzte ich und schlug mir die Knie auf.

Als ich durch die Zedernallee vor unserem Haus ging, war meine Hose zerrissen, Schlamm klebte mir unter den Fingernägeln. Der Ziegenbock hatte in meinen Hemdkragen gebissen.

Vater lief mir in der Allee entgegen.

»Junge.«

Als er mich umarmte, biss Hieronymus nach ihm.

»Hast du die Blitze nicht gesehen?«

Ich kniete mich in den Kies und ließ den Ziegenbock von meinen Schultern rutschen. Vater strich mir das Wasser aus den Haaren. Tränen stiegen mir in die Augen. Ich war froh, dass er sie im Regen nicht sah.

»Ein Blitz kann dich verglühen«, sagte Vater. Natürlich sah er, dass ich weinte, weil Väter das tun.

»Wir müssen Acht geben«, sagte ich.

Ich wollte ihm erklären, wie schön die Blitze in den Himmel geschlagen waren und warum ich froh war, dass der Kutscher gekommen war, und warum ich Mutter manchmal mehr liebte als ihn. Ich schwieg. Und dann brüllte ich, so plötzlich, dass ich über den Klang meiner Stimme erschrak: »Du hast dein Wort gebrochen, Papa.«

»Was ist denn, Junge?«

»Die Wahrheit. Du hast gesagt, wir sagen die Wahrheit. Aber über Mutter lügst du.«

Ich sah den Schmerz in seinem Gesicht. Ich hatte ihm nicht wehtun wollen. Das Regenwasser schmeckte süß. Er nahm mich an der Hand und ging mit mir zum Haus. Als wir im Flur standen, fragte er leise: »Hast du mal Hibiskus blühen sehen?« Er ging vor mir in die Hocke, dass er kleiner war als ich. »So ist die Wahrheit, Junge, wie Hibiskus. Irgendwann wirst du es sehen. In Ägypten findest du ganze Gärten. Wunderschön da. Ganze Gärten findest du. Und der Hibiskus blüht in tausend verschiedenen Arten.«

Hieronymus verbrachte die Nacht in unserem Gewächshaus, wo er bis zum Morgen die halbe Jahresernte Zucchini fraß. Nachts ging ich zu ihm. Er erlaubte, dass ich das Fell an seinem Hals streichelte.

Der Bauer holte ihn am nächsten Morgen, schüttelte mir die Hand, entschuldigte sich viele Male und sagte, er würde dafür sorgen, dass so etwas wie mit den Zucchini nie wieder passiere. Er schlug Hieronymus mehrmals mit der Handkante zwischen die Hörner.

Es war das Jahr, in dem die Mitglieder des Schweizer Ziegenzuchtverbands darüber nachdachten, welche Blutlinien fortgeführt werden sollten, ein Prozess, der unter dem Namen »Rassenbereinigung« in die Bücher einging. Der Verband kategorisierte die Capra Sempione, zu der Hieronymus gehörte, als nicht förderungswürdig.

Im Spätsommer erzählte Vater, dass der Bauer kurz nach der Gewitternacht Hieronymus neben die Güllegrube geführt, aus zwei Metern Entfernung mit einer doppelläufigen Repetierbüchse angelegt und dem Tier durchs Hirn geschossen habe.

Im selben Jahr ließ Mutter einen Augenarzt aus München kommen. Er sagte, dass meine Unfähigkeit, Farben zu sehen, nicht im Auge liege, sondern im Kopf. Mutter glaubte, ich müsse mich nur genug anstrengen. Sie ging mit mir auf den Dachboden.

»Jetzt wird alles wieder gut«, sagte sie.

An der Wand lehnten ihre Bilder. Mutter stellte einen Tuschkasten auf den Tisch und vertauschte die Farbtöpfe. Dann fragte sie mich, welche Farbe welcher Topf hatte.

Wenn ich richtig riet, nickte sie. Wenn ich falschlag, sagte sie, ich solle mir bitte mehr Mühe geben. Für diesen Unterricht zog sie ihre Reitstiefel an, die sie Knobelbecher nannte.

Bei einem der ersten Male auf dem Dachboden sagte sie: »Bitte, wenigstens Rot, ich bitte dich.«

Wenn Mutter getrunken hatte, hob sie manchmal die Faust, aber sie blieb sich treu in ihrem Bemühen, mich nicht zu berühren.

Nach einigen Stunden Unterricht lehnte in der Ecke des Dachbodens zwischen den Leinwänden ein Teppichklopfer aus Rattangeflecht. Sie sagte, dass es ihr mehr wehtue als mir. Gelegentlich fiel mein Gesicht durch die Schläge in den Tuschkasten.

Mutter sagte: »Wasch dich bitte, bevor du rausgehst, niemand muss wissen, dass du geweint hast.«

Einmal blieb ich so liegen, mit der Stirn in der Farbe, und merkte, dass die Töpfe unterschiedlich rochen. Die Farben waren mit natürlichen Pigmenten gefärbt. Indigoblau roch nach den Schmetterlingsblüten in unserem Gewächshaus, Neapelgelb nach Blei, Kadmiumrot nach Tonerde im Sommer, Schwarz nach Ruß, Weiß nach Kreide.

Ich mochte vor allem den Duft von Kohle. Mutter gab mir, außer den Stunden auf dem Dachboden, keinen Unterricht mehr. Die Besuche im Museum blieben aus.

Wenn ich nun für Mutter Farben erkennen musste, lehnte ich mich nah an den Tuschkasten. Manchmal nahm ich die Farbtöpfe in die Hand, damit ich besser daran riechen konnte. Mutter schlug seltener. Einmal riet ich drei Farben hintereinander richtig. Mutter strich mir über den Zeigefinger.

*

Jeden Samstag nach Schabbes, wenn es dunkel wurde, drückte die Köchin eine Kompresse aus Johanniskraut auf die Narbe in meinem Gesicht, auch noch Jahre nach der Verletzung. Sie sagte, das würde helfen, damit ich wieder fein aussehe. Manchmal umarmte mich die Köchin, bevor ich an diesen Abenden schlafen ging. Ich wartete nur darauf.

Die Köchin war die dickste Frau, die ich kannte. Täglich buk sie Kuchen, mit Heubeeren im Sommer, mit Äpfeln im Herbst, mit Mandeln im Winter. Sie sagte, ihr Kuchen sei zu kostbar für das Personal, und weil deshalb immer zu viel Kuchen da war, saß sie abends vor dem Ofen, legte sich Patiencen und aß.

Einmal, als sie mir Kompressen wickelte, setzte sie sich danach auf einen Melkhocker zu mir, gab mir einen Teller mit zwei Stück Honigkuchen, die sie mit Butter bestrich, und sah mich an.

»Die Leute im Haus erzählen, dass du immer ehrlich bist«, sagte die Köchin.

Ich schwieg.

»Stimmts?«

»Schon«, sagte ich.

»Dann sag bitte das Ehrliche über mich.«

Die Köchin legte mir eine Hand auf den Kopf.

»Sagst du mir bitte, ob ich dick bin?«

Vor Aufregung gabelte ich nach einem zu großen Stück Kuchen und schob es mir in den Mund. Ich verschluckte mich, und als mir die Köchin ein Glas Milch reichte, hustete ich, und die Milch lief mir aus der Nase.

»Ich weiß schon, dass ich ein wenig mollig bin, aber ich meine, bin ich dick?«

Ich nickte, so unauffällig ich konnte.

Es tat ihr weh, ich sah es und wollte das nicht.

»Glaubst du, ich finde vielleicht deswegen keinen neuen Mann?«, fragte sie.

Ich schaute auf den Fußboden. Ich war sechzehn Jahre alt und verstand wenig von Männern und Frauen und warum sie sich mochten. Ich zuckte die Schultern. Die Köchin packte mich mit ihrer weichen Hand.

»Bitte sag die Ehrlichkeit, Friedrich.«

»Ja«, sagte ich.

»Du glaubst, ich bin allein, weil ich so gern esse?«

»Du bist nicht allein.«

»Aber ich bin dick?«

»Ja.«

Sie atmete aus.

»Danke«, sagte sie.

»Aber es tut weh«, sagte ich.

Der Ofen war warm, wir hörten Holz in der Glut knistern.

»Das Schweigen ist schlimmer.«

Wir saßen noch ein wenig auf den Melkhockern und schauten in die Flammen im Backofen, in dem für den nächsten Tag ein Napfkuchen buk, der langsam braun wurde, bis die Kruste zu rauchen begann. Ich nahm den Ofenschieber von der Wand und hob den Kuchen auf die Arbeitsfläche.

»Danke, mein Goldjunge, wäre fast schiefgegangen, danke«, sagte die Köchin.

Sie umarmte mich. Ich tat so, als würde ich ihre Tränen nicht sehen.

*

Als deutsche Panzer im Frühjahr 1941 zum »Unternehmen Sonnenblume« durch Libyen rollten, hisste Mutter eine Hakenkreuzfahne am Turm unseres Hauses. Es war das einzige Mal in meinem Leben, dass ich Vater brüllen hörte. Vater sagte einem der Burschen mit ruhiger Stimme, dass er bitte die Fahne vom Mast raffen solle, dann ging er ins Gewächshaus, schloss die Milchglastür und stieß den Schrei aus, der das Ende seiner Ehe verkündete.

Seit Beginn des Krieges trug Mutter immer häufiger ihre Reitstiefel und trank, bis sie die Wörter vergaß. Einmal lag sie morgens innen vor der Haustür und regte sich nicht. Ich versuchte, sie zu wecken, indem ich nach ihr rief. Sie öffnete die Augen und schaute mich an, ich war mir nicht sicher, ob sie mich erkannte.

»Liebst du mich noch?«, fragte sie.

Dann legte sie beide Arme um meinen Kopf und zog mich so eng an ihren Hals, dass es mir schwerfiel zu atmen.

»Das tut mir alles …«, sagte sie, »alles das hier, alles, das tut mir …«

Es war so schön, dass ich mich auf dem Weg zur Schule verlief.

Manchmal habe ich mir gewünscht, dass ich tagsüber vergessen würde, wie Mutter daheim auf der Terrasse sitzt und Arak trinkt.

Aber ich wusste, dass dann niemand auf sie Acht gab und dass das meine Aufgabe war. Heimlich hatte ich manchmal meinen Kopf auf ihre Brust gelegt, wenn sie auf dem Fußboden lag und sich nicht mehr regte. Ich hatte gehorcht, ob sie atmete.

Vater hatte durch die Handelsembargos Probleme mit dem Export seines Samtes. Er sagte, er würde nach Istanbul gehen und dort warten, bis der Krieg vorüber wäre, die Villa in Choulex würde er behalten. Mutter wollte nach München ziehen und von Vaters Vermögen leben. Ich wollte reisen und ein wenig von der Welt sehen. Es war Vaters Idee gewesen, er schlug Teheran vor, weil der Krieg dort weit weg war.

Im Sommer hatte ich die Stallburschen über die geheimen Nachtklubs in Berlin reden hören, über Stricherjungen, Kokain, einen Springbrunnen aus Elfenbein in einem Grand Hotel und ein singendes Negermädchen, das sich von einem Vogel Strauß in einer Kutsche ziehen ließ.

Einer der Stallburschen hatte eine Zeit lang als Pferde-äpfelsammler in Berlin gearbeitet und sagte, er sei da weg-gezogen, weil er diese Berliner Schnauze nicht mehr ertra-gen habe, dieses »Icke« und »Wa?«, immer so rotzig, sagte er, und dass sogar die Friseure einem genau das sagten, was sie dachten.

»Stimmt das?«, fragte ich.

»Alle deppert da, auch die Mädchen, keine Kultur«, sagte er.

An diesem Abend hörte ich zum ersten Mal das Gerücht. In Berlin, sagte der Stallbursche, fahre nachts ein Möbel-wagen ins Scheunenviertel und hole die Juden. »Die kom-men nimmer wieder«, sagte der Stallbursche.

»Stimmt das?«, fragte ich.

»Halt ein Gerücht.«

»Wo ist das Scheunenviertel?«

Deutschland wirkte wie das Land der Sieger. Die Wehr-macht kontrollierte Europa und stand vor Moskau. Die Briten hatten die Luftangriffe auf Berlin eingestellt. Berlin war noch etwas, trotz allem. Ein Ort, in dem sogar die Fri-seure sagten, was sie dachten.

Ich fragte Vater nach seinen Reisen nach Berlin und er gab mir Fontane zu lesen. Ich las die Romane, die in unserer Bibliothek standen, und Fontanes Briefwechsel. In einem Brief, den er 1860 an Heyse schrieb, las ich: »Wie man auch über Berlin spötteln mag, wie gern ich zugebe, daß es diesen Spott gelegentlich verdient, das Faktum ist doch schließlich nicht wegzuleugnen, daß das, was hier geschieht und nicht geschieht, direkt eingreift in die großen Weltgegebenheiten. Es ist mir Bedürfnis geworden, ein solches Schwungrad in nächster Nähe sausen zu hören, auf die Gefahr hin, daß es gelegentlich zu dem bekannten Mühlrad wird.«

Nachts lag ich wach und dachte an das Wort »Schwungrad« und an das Gerücht aus dem Scheunenviertel. Die Deutschen waren in meinem Kopf das, was ich sein wollte. Ich hatte im Lichtspielhaus Bilder von marschierenden Soldaten gesehen. Ich wollte kein Soldat sein, aber vielleicht würde ein Teil der Stärke auf mich überspringen. Ich fragte Vater nach dem Möbelwagen.

»Hab ich gehört«, sagte er.

»Warum erzählen Menschen Gerüchte?«

Vaters Stimme klang unsicher, als er antwortete.

»Ich weiß es nicht, vielleicht ist es ein Graubereich. Ich glaube … Ich weiß nicht. Es muss auch noch gute Deutsche geben. Ich glaube, die Wahrheit ist nirgendwo so sehr in Gefahr wie im Krieg.«

Er drehte sich zu mir und betrachtete mich.

»Ich weiß, was du denkst, Junge.«

Ich schaute ihm direkt ins Gesicht. Er versuchte zu lächeln, als sei irgendetwas leicht. Ich sah, dass er Angst hatte.

»Tu es nicht«, sagte Vater, »ich bitte dich, diesmal nicht.«

Ein paar Tage später saßen Vater und Mutter zusammen in der Bibliothek, obwohl sie schon lange nicht mehr zusammengehörten.

»Ich glaube, ich reise als Erstes kurz nach Berlin«, sagte ich.

Mutter holte Luft.

»Du glaubst«, sagte sie.

»Ich gehe nach Berlin«, sagte ich.

Mutter lachte.

»Und was willst du da?«, fragte sie.

»Ich will das sehen.«

»Was sehen?«

»Und ein wenig Zeichenunterricht nehmen.«

Mutter verstummte.

»Du willst im Krieg Zeichenunterricht nehmen?«, fragte Vater.

»Nur ein paar Tage.«

»Das ist zu gefährlich.«

»Berlin ist sicher.«

»Aber es ist Krieg.«

»Im Osten ist Krieg. Nicht in Berlin. Da ist seit Wochen keine Bombe gefallen.«

»Das ist trotzdem zu gefährlich.«

»Ich gehe dahin, Papa, ich muss das sehen. Ich … dieser Graubereich.«

Vater nickte und strich sich über das Kinn.

Jemand musste die Gerüchte von der Wirklichkeit trennen.

Damals hielt ich das für mutig.

»Aber das ist eine Judenstadt«, sagte Mutter.

Nach Weihnachten hielt ein dunkler Wagen mit deutschem Kennzeichen auf dem Kies unserer Auffahrt. Ein Mann in Uniform stieg aus. Ich versteckte mich auf dem Heuboden und beobachtete, wie er die Hand auf Mutters Hintern legte. Später würde mir die Köchin sagen, dass Mutter den Mann als ihren Neffen vorgestellt hatte.

Den Flügel und ihre Kleider wollte sie sich nachschicken lassen.

Die Köchin sagte mir, sie solle mir ausrichten, dass ich die Übungen mit dem Tuschkasten fortsetzen möge. Es habe Mutter das Herz gebrochen, dass ich ihr nicht persönlich zum Abschied gewunken hatte.

Mutter würde zwei Jahre später während eines Fliegerangriffs in Nymphenburg in einem Gartenschuppen verbrennen. Ihr Neffe würde sagen, Mutter habe wohl so viel getrunken, dass sie den Schuppen mit dem Bunker verwechselte.

Ich buchte mein Zugbillet ab Genf. Die Köchin gab mir eine Mütze, die sie gestrickt hatte, und einen geflochtenen Korb, in den sie Honigkuchen stapelte. Sie umarmte mich. Ich steckte ihr heimlich meinen besten Angelhaken in eine Tasche ihrer Kochschürze.

Vater küsste mir zum Abschied die Stirn.

»Leb«, sagte er.

Er sah aus, als wolle er noch etwas sagen, aber er blieb stumm.

Bevor er mich zum Bahnhof fuhr, stieg ich auf den Dachboden und ging zu einer Leinwand, die verkehrt herum an der Wand lehnte. Lange hatte ich mich gefragt, was Mutter malte. Ich drehte die Leinwand ins Licht. Ich ging zur nächsten. Ohne Hast drehte ich jede Leinwand auf dem Dachboden. Die Leinwände waren leer.

Auf dem Tisch lag der eingetrocknete Tuschkasten. Ich nahm ihn mit. Allein ging ich zum See, hob einen Stein vom Ufer, ließ ihn durch die noch dünne Eisschicht splittern und warf den Tuschkasten ins Wasser.

JANUAR 1942   In diesem Monat wird der Ausbau der Reichsautobahn eingestellt. In einem Aufruf an das deutsche Volk zum Jahreswechsel betont Reichskanzler Adolf Hitler seine Bereitschaft zum Frieden und nennt den US-amerikanischen Präsidenten Franklin Delano Roosevelt einen Kriegshetzer. Alle Skisportveranstaltungen einschließlich der Weltmeisterschaften in Garmisch-Partenkirchen werden abgesagt, um der Wehrmacht Skier zur Verfügung zu stellen. Die Temperatur in München sinkt auf minus 30,5 Grad Celsius. Erstes Gebot der zehn Gebote für jeden Nationalsozialisten des Dr. Joseph Goebbels: »Dein Vaterland heißt Deutschland; liebe es über alles und mehr in Taten als in Worten.« In Berliner Gaststätten wird ein Feldküchenessen eingeführt, das Bohnen und Pferdefleisch enthält und angeblich der Kost der Frontsoldaten ähnelt. Benno von Arent wird Reichsbeauftragter für Mode; Stoffmangel macht dieses Amt zu einer Herausforderung. Der Reichsvollkornbrotausschuss schaltet eine Zeitschriftenanzeige mit dem Text: »Vollkornbrot ist besser und gesünder«. In Louisville, Kentucky, USA, bekommt ein junges Hausmädchen einen Sohn und nennt ihn Cassius Marcellus Clay Junior. 7290 Kilometer Luftlinie weiter nordöstlich, am Wannsee, beruft SS-Obergruppenführer Reinhard Heydrich eine Konferenz ein. Dort protokolliert der gelernte Mechaniker Adolf Eichmann, wie die Juden aus Euroa getötet werden sollen. Als der Plan fertig ist, trinken die Männer Kognak und schauen auf den See.

*

Am frühen Morgen am Tag nach Neujahr erreichte ich Berlin. Die Frühstückseier im Speisewagen waren hart gewesen und hatten nach Fisch geschmeckt. Ich ging vom Anhalter Bahnhof zum Brandenburger Tor. Die Straßen waren breit und man sah nicht, wohin sie führten. Berlin roch nach Kohle, nach Harzseife, nach dem Duft der mobilen Holzgasöfen, Bohnerwachs und gekochten Rüben.

Als ich in eine Wirtschaft ging und ein Glas Chasselas bestellte, sagte die Kellnerin: »Wat?«

Der Elfenbeinbrunnen im Hotel war kleiner, als ich gehofft hatte. Der Oberpage grüßte mit dem Wort »Exzellenz«. Ich war erleichtert, dass er keinen Hitlergruß zeigte.

In der Empfangshalle standen ein Zeitungsverkäufer und ein Blumenhändler hinter ihren Ständen. Der Empfangschef trug einen Gehrock, er hatte nach hinten gekämmtes, welliges Haar, senkrechte Sorgenfalten auf den Wangen und grüßte mich mit Namen und einem satten Handschlag.

Die Pagen trugen Frack und glänzende Krawatten. Der Fahrstuhlführer hatte nur einen Arm. Ich schenkte ihm den Korb mit Honigkuchen. Als der Mann sich drehte, um mir die Hand zu geben, sah ich, dass er um den vorhandenen Arm eine Stoffbinde mit dem Hakenkreuz trug.

Ich bezog mein Zimmer und stellte am Südfenster meine Staffelei auf, die ich zusammen mit einem Schrankkoffer mit einem Kurier vorausgeschickt hatte. Die Kohlestifte hatte ich in einer alten, mit Watte ausgelegten Zigarrenkiste meines Vaters in meiner Reisetasche getragen.

Am gleichen Nachmittag ging ich ins Scheunenviertel. Ich betrachtete die orthodoxen Juden mit ihren schwarzen Hüten und schwarzen Mänteln und stand bis nachts im Schatten der Gaslaternen. Am nächsten Tag trank ich Zichorienkaffee in einer Wirtschaft am Hackeschen Markt und blickte aus den Fenstern auf die vorbeifahrenden Wagen. Am Tag drauf saß ich auf den Treppenabsätzen vor der Berliner Börse, bis meine Zehen kalt wurden. Einen Möbelwagen sah ich nicht.

Am ersten Montag des Jahres ging ich, bepackt mit einem Rucksack aus glattem Leder, zur Kunstschule Feige und Strassburger in der Nürnberger Straße hinter dem Kaufhaus des Westens. Die Fassade war mit Stuck verziert, der durch Feuchtigkeit im Gemäuer an einigen Stellen bröckelte.

Bevor ich eintrat, stand ich einen Moment auf der gegenüberliegenden Straßenseite und dachte an Mutter. Ich dachte an Vater und seine Abschiedsworte, die er nicht gesagt hatte.

Der Türknauf war aus Messing.

Die Frau im Sekretariat trug eine an den Gläsern verschmierte Brille. Ich sagte, ich würde gern Zeichnen lernen.

»Wollen Sie vielleicht gleich mitzeichnen?«

»Einfach so?«

»Heute ist offene Zeichenwerkstatt, eine Aktstudie. Da können Sie gar nichts falsch machen. Sie müssen sich einfach nur überlegen, wie Sie sie sehen wollen.«

In einem Raum, der nach Ölfarben roch, saßen fünf Menschen an Staffeleien und zeichneten. Ich verharrte einen Moment in der Tür und schaute nach vorn.

In der Ecke stand ein Kachelofen, der wegen der Kohlenknappheit kalt blieb. Mein Atem kondensierte zu Wolken.

Auf den stumpfen Dielen sah ich graue Farbkleckser von den Versuchen anderer Menschen, in diesem Raum Wirklichkeit einzufangen. Die Dielen knarzten, aber niemand schaute zu mir. Ich behielt meinen Mantel an, als ich mich an eine leere Staffelei setzte.

Meine Fingerspitzen waren taub, ich hauchte sie an, mir wurde warm im Gesicht, trotz der Kälte. Alle schauten nach vorn.

Der Pelz, auf dem sie lag, war dunkel und zu kostbar für einen Raum in dieser Zeichenschule und für die Zeit, in der wir lebten.

Die Frau lag auf der Seite, stützte mit einer Hand ihr Kinn und schaute an allen vorbei in die Leere des Raumes. Ab und zu hustete sie.

Ich schaute sie an. Wie ihr Haar fiel. Welche Linie sich zwischen ihrer Schulter und ihren breiten Hüftknochen gegen die dunkel gestrichene Wand abzeichnete, wie ihre Haut das Licht einfing.

Sie war ein wenig runder als das Schönheitsideal, vor allem an den Knien.

Ich dachte an ein Gemälde von Peter Paul Rubens, an die nackte Frau darauf, ich hatte es als Junge mit Mutter im Louvre gesehen, den Titel hatte ich vergessen.

Einmal lächelte die Frau auf dem Pelz für einen Moment, ich konnte die Lücke zwischen ihren Schneidezähnen erkennen. Aber ihr Gesicht würde lächelnd auf einem Bild nicht richtig aussehen. Dieses Gesicht würde am schönsten sein, wenn die Frau weinte.

Neben mir, an den anderen Staffeleien, saßen die Schüler und zeichneten. Die Kohle schmolz in meinen Fingern. Kurz kniff ich ein Auge zu und versuchte, die Frau als Form und Fläche anzuschauen. Ich mochte ihre kleine Nase. Ich versuchte, mich zu erinnern, wie das funktionierte, zeichnen. Nach ein paar Momenten schaute ich sie einfach an. Meine Narbe verbarg ich hinter der Staffelei.

Am Ende der Stunde erhob sie sich und nahm ein Baumwolltuch, das ein Mann ihr hinhielt. Sie wickelte sich nicht darin ein, sondern faltete es und legte es sich über den Arm. Sie ging nackt aus dem Zimmer.

Ich rollte den leeren Bogen Ingrespapier zusammen und steckte ihn in meinen Rucksack.

Später stand die Frau draußen, nun angezogen, und war umringt von drei Männern, die scherzten und dabei laut waren. Sie rauchte und schaute auf die andere Straßenseite. Ich nickte zum Abschied. Sie sah mich nicht.

Der Wind blies durch meinen Mantel und störte mich kaum, als ich zur Bahnhaltestelle ging. Es begann wieder, in feinen Flocken zu schneien.

Auf dem Weg sah ich an einer Hauswand ein Plakat, darauf war eine hellhaarige Frau zu sehen, von der ich glaubte, sie würde dem Mädchen aus der Zeichenschule ähneln. Auf dem Plakat stand: »Die deutsche Frau raucht nicht, die deutsche Frau trinkt nicht und die deutsche Frau schminkt sich nicht!«

*

1. Fall: *Frau Steiner mit 4 Kindern*

           Frau Katz mit 2 Kindern

           Frau Gelbert mit 1 Kind

           Frau Herschendörfer mit 1 Kind

           Zeuginnen: 1. Gerda Kachel, 2. Elly Lewkowicz

Die Zeuginnen Gerda Kachel und Elly Lewkowicz waren zusammen mit der Angeschuldigten bei der Firma Siemens beschäftigt, lebten jedoch illegal. Sie hielten sich tagsüber bei Aron Frzywczik in der Schönhauser Allee 152 auf. Sie begaben sich in die Lothringer Straße 24–35, um eine Frau Steiner zu besuchen. Sie fanden die Wohnung versiegelt vor. Von dem schräg gegenüber wohnhaften Willi Israel erfuhren sie, daß die Angeschuldigte und Rolf Isaaksohn die Wohnung Steiner, in der zahlreiche illegal lebende Juden verkehrten, längere Zeit beobachtet hätten. Eines Tages habe die Geheime Staatspolizei in Anwesenheit der Angeschuldigten und Rolf Isaaksohns folgende Juden aus der Wohnung abgeholt:
Frau Steiner mit 4 Kindern
Frau Katz mit 2 Kindern
Frau Gelbert mit 1 Kind
Frau Herschendörfer mit 1 Kind

Diese Personen wurden nach Auschwitz deportiert. Als die
Zeugin Kachel kurz darauf selbst in Auschwitz eintraf und
sich dort nach ihnen erkundigte, erfuhr sie, daß bereits alle
vergast worden waren.

Bl. 11/162–163
Bl. 1/16,38, 182, 184

*

Der Wagen rumpelte und quietschte, von innen waren die
Scheiben beschlagen. Ich setzte mich an einen Fenster-
platz, wischte mir mit der flachen Hand ein Guckloch und
legte die Stirn an das kalte Glas. Draußen sah ich Männer
in Uniform und Schaftstiefeln, Frauen in Mänteln, die bis
zum Boden reichten, Litfaßsäulen voller Plakate, die für
Persil warben (»Wäsche Waschen Wohlergehen«), für Foto-
apparate (»Fessellos fotografieren mit Zeiss Ikon Kleinca-
meras«) und für etwas, das ich nicht kannte und das der
Vergrößerung weiblicher Brüste dienen sollte (»Schöne
Büstenform durch Rondoform«).
An jedem Mast und an vielen Häusern wehten Fahnen mit
dem Hakenkreuz. Ein Doppeldeckerbus fuhr vorbei, auf
dem »Coca-Cola« stand. Aus den Gullideckeln dampfte es.
Neben mir in der Bahn stand eine Frau mit einem Stern
auf ihrem Mantel. Sie stand, obwohl kaum Fahrgäste in der
Bahn waren und viele Sitze frei blieben.
»Bitte setzen Sie sich«, sagte ich.
Sie schüttelte den Kopf.

»Ich bitte Sie«, sagte ich.

»Ich darf nicht«, sagte sie.

Ich schämte mich, weil ich sitzen durfte, und schaute die Frau nicht mehr an.

Ich fühlte mich ihr fern und fragte mich, wie ich dieses Gefühl der Einsamkeit überwinden würde, das auf mir lag, seit ich aus dem Nachtzug gestiegen war. Die Fahnen, die hohen Gebäude, die Menschen mit dem Stern, der Lärm, der Geruch, das alles war mir fremd. Aus der Entfernung hatten die Deutschen groß gewirkt, aus der Nähe wirkten sie so klein wie ich. Groß waren nur die Kulissen, die Fahnen vor allem. Die deutschen Fahnen waren sehr groß. Ich nahm mir vor, bald weiterzureisen.

Sie setzte sich lautlos neben mich, so nah, dass die Haare des Pelzes an meiner Hand kitzelten.

Ich drehte mich und schaute in ihre Augen. Sie war jung, fast noch ein Mädchen.

Sie konnte aus ihrem Blickwinkel meine Narbe nicht sehen. Schnell schaute ich zur Seite und sah mein Spiegelbild in der Fensterscheibe. Ich traute mich nicht, mich zu der Frau zu drehen, weil sie mein Gesicht gesehen hätte. Ihre Schultern waren nach vorn gefallen, als fröstelte sie. Ihr Atem roch nach Kirschwasser. Sie streichelte über meinen Ärmel.

»So schön weich«, sagte sie.

Ich wusste nicht, was ich sagen sollte. Eine Zeit lang saßen wir still nebeneinander.

»Darf ich vielleicht bitte sehen, wie du mich gemalt hast?«, fragte sie. Sie berlinerte, sie sagte »jemalt«. Ich tat erst nichts, saß nur da und schüttelte dann den Kopf. Die Packung Kaffeebohnen lag in ihrem Schoß, sie hielt sie fest mit beiden Händen.

»Guck mal, ich hab eine ganze Packung Bohnenkaffee fürs Modellsitzen bekommen.«

Sie zupfte eine Fluse aus ihrem Pelz. Ich dachte an den leeren Bogen gerolltes Ingrespapier, der aus meinem Rucksack ragte. Ich hatte sie nicht malen können und nun traute ich mich nicht, mit ihr zu reden. Sie hatte mich angesprochen, als sei das nichts. Langsam beugte ich mich nach vorn, legte die Stirn auf die Stuhllehne vor mir und spürte das lasierte Holz.

Ihre Hand griff nach meiner Schulter. Sie berührte mich, als würde sie alles verstehen.

Als ich viel zu früh vor der Haltestelle aufstand, erhob sie sich auch. Sie war kleiner als ich, in der Sitzreihe waren wir uns nah. »Auf Wiedersehen«, sagte ich und schob mich an ihr vorbei. Mein Knie berührte ihren Oberschenkel. Sie lief mir nach durch den Waggon und hielt sich dabei an den Sitzkanten fest. Im Gang, neben der Frau mit dem Judenstern, blieb sie stehen, schaute auf die Packung Kaffee in ihrer Hand, blickte sich um und drückte der Frau die Packung gegen die Brust. Sie sagte kein Wort und ging weiter, bis sie bei mir vor der Wagentür stand.

»Kannten Sie die Frau?«, fragte ich.

Sie schüttelte den Kopf.

»Aber ist das nicht gefährlich?«

»Was?«

»Einem Juden zu helfen.«

Sie überlegte einen Moment. Sie lächelte, aber nur kurz, dann wurde ihr Gesicht ernst.

»Ich bin Kristin.« Sie streckte mir ihre Hand hin.

»Friedrich.«

Für einen Moment standen wir voreinander und hielten uns fest. Die Bahn rumpelte. Meine Handfläche wurde feucht. Kristin schaute mich von unten an. Ich betrachtete meine Schuhe.

Ich deutete einen Handkuss an und sagte: »Verzeihen Sie, dass ich mich nicht vorgestellt habe. Grüezi, Mademoiselle.«

Sie lächelte und knickste.

»Na guck mal an, ein Schweizer. Grüezi.«

Ein bisschen fühlte ich mich stolz, als ich nickte.

»Mit richtigem Schweizer Pass?«

Das hatte mich noch nie jemand gefragt. Ich nickte nochmal. Kristins Gesicht veränderte sich, etwas in ihren Augen, vielleicht die Weite der Pupillen. Sie ging einen Schritt auf mich zu.

»Ein Schweizer in Berlin«, sagte sie und dann: »Wieso sagst du nicht, dass du mich gemalt hast? Hinten rechts gesessen. Ich merk mir sowas.«

Sie hatte mich gesehen.

Sie schwankte ein wenig, als die Bahn hielt, und griff nach meiner Hand.

»Es war schön, Sie kennenzulernen«, sagte ich, »ich muss hier raus.«

»Machst du das oft, dass du nicht auf Fragen antwortest?«, fragte sie.

Sie hielt sich auf den Stufen an meiner Schulter fest und stieg mit aus. Der Mantel war ihr zu groß, ihre Hände steckten tief in den Ärmeln, der Saum musste mehrmals umgenäht worden sein und schwebte gerade so über dem Schnee. Sie drückte meinen Arm an ihre Brust. Sie sagte, sie bekomme auch ab und zu so einen Schwächeanfall wie ich, als ich den Kopf auf die Stuhllehne gelegt hätte, das sei das Rumpeln in der Bahn. Sie bestand darauf, meinen Rucksack zu tragen, und sagte, sie würde mich nach Hause bringen. Das hatte mir noch nie jemand gesagt.

»Aber Sie sind ein Fräulein«, sagte ich.

»Was soll das heißen?«

»Ich sollte Sie nach Hause bringen.«

»Sei nicht dumm«, sagte sie.

Als wir durchs Brandenburger Tor gingen, trieb Schnee über die Straßen, Hakenkreuzfahnen knallten im Wind. Kristin lief mit kleinen Schritten neben mir. Ich beobachtete sie aus den Augenwinkeln.

»Kennkarten!«

Ein Schutzpolizist versperrte uns den Weg. Vor dem Hotel gab es oft Passkontrollen, weil Juden das Regierungsviertel nicht betreten durften. »Judenbann« hatte der Empfangschef das genannt und mit den Schultern gezuckt.

Kristin seufzte, als wir stehen blieben.

Der Polizist schaute zwei Sekunden lang auf meinen Pass.

»Kennkarten, hab ich gesagt.«

»Ich bin Schweizer, ich hab nur einen Reisepass.«

»Ein Reichsfremder«, sagte der Schutzpolizist und kam mir nah mit seinem Gesicht.

»Kennkarte, aber dalli.«

»Entschuldigen …«

Kristin schob ihre Kennkarte zwischen unsere Gesichter.

»Fangen Sie doch mit meiner an, Herr Kommissar.«

Ich sah in ihre offene Handtasche, darin lag ein Buch von Benjamin Constant. Später würde ich erfahren, dass es verboten war. Der Schutzpolizist drehte sich zu ihr. In dem Moment strich sie ihre Fellkapuze nach hinten und ihr helles Haar glänzte im Licht der Gaslaternen.

»Na«, sagte sie, legte ihren Kopf ein wenig schief und lächelte den Schutzpolizisten an.

Der Mann wippte von einem Fuß auf den anderen. Er tippte sich an die Mütze.

»Glauben Sie, das klappt bei mir, Liebes?« Er legte eine Hand auf seinen Knüppel. »Kennkarten hab ich gesagt.«

Kristin griff meine Finger. Sie atmete durch die Nase ein und sagte: »Wissen Sie eigentlich, wen Sie hier vor sich haben?«

»Haben Sie getrunken, Fräulein?«

Ich fühlte mich klein neben den beiden. Kristins Stimme wurde lauter. Sie sagte die nächsten Sätze fast ohne zu berlinern: »Vor Ihnen steht SS-Obersturmbannführer Franz Riedweg. Stabsarzt im SS-Hauptamt.«

»Stabsarzt?«, fragte der Schutzpolizist.

»Im SS-Hauptamt.«

Der Blick des Schutzpolizisten sprang zwischen Kristin und mir hin und her. Ich bemühte mich, ihn anzusehen, aber ich schaute immer wieder weg. Ich hielt meinen Pass in der Hand, darin stand mein richtiger Name.

»Aber ...«, sagte der Schutzpolizist.

»Geben Sie mir mal *Ihren* Namen«, sagte Kristin.

»Meinen Namen?«

»Ich werde Sie melden. Sie sind eine Schande fürs Vaterland. Einen Obersturmbannführer so anzugehen. Schämen Sie sich.«

»Aber ...«, der Polizist wandte sich an mich, »aber Herr Obersturmbannführer, Sie tragen ja nicht mal Uniform. Woher hätte ich denn ...«

»Natürlich trägt er keine Uniform«, sagte Kristin, »es ist ja auch Montag.«

Dann ging sie an dem Mann vorbei und zog mich hinter sich her. Ich verstand nicht, was sie tat. Es war nicht illegal, sich in Berlin als Schweizer aufzuhalten. Der Schutzpolizist konnte uns nichts tun, außer uns einzuschüchtern. Aber sich als Mitglied der SS auszugeben, ohne es zu sein, das war lebensgefährlich.

»Ich zeig ihm einfach meinen Pass«, sagte ich leise zu Kristin. Sie zog mich mit sich.

»Ruhig weitergehen«, sagte sie.

»Aber der verhaftet uns.«

»Hier wird niemand verhaftet.«

Ich hoffte, ihr würde nicht auffallen, wie meine Hände schwitzten.

Nach vielleicht fünfzig Schritten, als wir wussten, der Schutzpolizist würde uns lassen, stieß mir Kristin sanft ihren Ellenbogen in die Rippen. Sie lächelte mich an. Eine Schneeflocke fiel auf ihre Nase und schmolz.

»Wieso trägt man montags keine Uniform?«, fragte ich.

Sie grinste und zuckte die Schultern.

»Wo wohnst du überhaupt hier?«, fragte sie.

Ich zeigte über den Pariser Platz auf das Grand Hotel. Sie blieb stehen und ließ mich los. Schnell rieb ich meine Handfläche an meinem Hosenbein trocken.

»Nicht dein Ernst.« Sie hustete mit geschlossenem Mund, griff meinen Arm und hakte sich ein.

»Bist du auf Urlaub?«

Ich nickte.

»In dem Hotel?«

»Ja.«

»Bisschen teuer, wa?«

Ich schwieg.

An der Drehtür verabschiedete sich Kristin mit einem Knicks.

»Zeigst du mir nächstes mal dein Bild von mir, Kleiner? Und kommst du Sonnabend zum Melodie Klub? Ich sing da.«

Sie sagte »Kleiner«, eigentlich sagte sie »Kleener«, es

klang albern, weil sie kleiner war als ich, aber ich fand es schön.

»Ich kann aber nicht tanzen.«

»Du kannst nicht tanzen?«

»Nein.«

»Warum nicht?«

»Ich hab nur als Bub mit Mutter getanzt.«

Kristin streichelte über meinen Ärmel.

»Als Bub?«

»Ja.«

»Na, das bist du ja immer noch irgendwie.«

Sie drehte sich um und wollte gehen.

»Ich habe Sie nicht gemalt«, sagte ich schnell.

Sie lachte laut und drehte sich wieder zu mir. Ihr Blick war neugierig und freundlich.

Für einen Moment war Stille.

»Wie meinst du das?«

»Ich konnte nicht.«

»Wieso nicht?«

»Ich habe Sie nur angeschaut.« Mein Herz klopfte. »Ich …«

Sie legte mir die Finger an die Wange. Ich verstummte. Ihre Hand war trocken.

»Schon gut.«

Sie strich mir mit dem Daumen über die Augenbraue, knickste, drehte sich um und ging.

»Darf ich Sie ein Stück begleiten?«, rief ich ihr nach.

Sie drehte sich nochmal zu mir und sagte: »Nein, Kleiner.«

Sie steckte sich eine Juno zwischen die Lippen und zündete sie mit einem Streichholz an. Sie hielt die Zigarette zwischen Zeigefinger und Daumen.

Sie ging die Allee unter den kahlen Bäumen entlang, in der Mitte, in Schotter und Schnee. Sie machte kleine Schritte, es gelang ihr nicht, eine gerade Linie zu gehen. Sie zog eine Flasche aus der Innentasche des Mantels und trank im Gehen. Ihre Fußspitzen waren leicht nach innen gedreht. Als ich mir sicher war, sie würde es nicht mehr tun, drehte sie sich um und winkte mit gestrecktem rechtem Arm.

Ich wechselte die Straßenseite und lief ihr nach, weil ich sie einen Moment länger sehen wollte. Sie drehte sich noch einmal um, sie schaute zum leeren Eingang des Grand Hotels und suchte mich. Sie hielt ein paar Sekunden inne, als würde sie durchatmen, aus ihrer Manteltasche zog sie einen Taschenspiegel, klappte ihn auf, schaute sich darin an und zupfte an ihren Locken. Sie senkte den Kopf und stand still. Die Zigarette ließ sie fallen.

Es war, als würde Kristin im Stehen einschlafen. Dann erwachte eine andere. Sie hob den Kopf, sie streckte den Rücken durch, zog die Schultern nach hinten unten und schob das Kinn hoch. Sie lief die Allee Richtung Westen, ihre Schritte waren lang und sicher.

*

4. Fall: Schiller

Zeuge: Gerhard Schiller

Georg Schiller suchte die Kartenstelle im Grunewald auf.
Vor der Tür der Kartenstelle stand die Angeschuldigte, welche
ihm erklärte: »Es ist alles in Ordnung, Sie müssen nur in
einem Nebenzimmer auf die Karten warten, sie werden erst
beschafft.« Schiller wurde auf Veranlassung der Angeschuldig-
ten jedoch mit anderen Juden festgenommen, in das Lager
Große Hamburger Straße eingeliefert und später in Auschwitz
umgebracht.

Bl. 1/40, 165

*

Zwei Wochen lang ging ich in die Zeichenschule, übte im
Hotelzimmer, schaute mir Museen an, versuchte, nicht an
Kristin zu denken, und dachte dabei an sie. Ich verbrachte
viel Zeit im Scheunenviertel.

Nach zwei Wochen kaufte ich mir eine Bahnfahrkarte nach
Istanbul und entschied, dass ich mich noch von Kristin
verabschieden wollte.

Ich fragte den einarmigen Fahrstuhlführer, ob er den Melodie Klub kenne. Er fragte mich, ob ich wisse, dass solche
Etablissements illegal seien.

»Negroidenmusik, der Herr«, sagte der Fahrstuhlführer,
»völlig verjudet, der Herr.«

»Musik ist Musik«, sagte ich.

»Wenn der Herr meinen«, sagte der Fahrstuhlführer.

Als ich an diesem Abend mein Hotelzimmer betrat, steckte unter dem Briefbeschwerer auf dem Sekretär ein Zettel, auf den jemand einen Straßennamen, eine Hausnummer und das Wort »Moabit« geschrieben hatte. »Obacht!«, stand daneben.

Am Samstagabend ging ich zu der Adresse. An einer Litfaßsäule vor dem Hotel hing ein Plakat des Kriegsausschusses, auf dem stand: »Spare Seife, denn sie besteht aus den jetzt so nötigen und knappen Fetten und Ölen. Tauche die Seife nie in das Waschwasser! Halte sie nie unter fließendes Wasser! Vermeide überflüssiges Schaumschlagen! Halte den Seifennapf stets trocken! Wirf die Seifenreste nie weg! Hilf dir durch den Gebrauch von Bürsten, Sand, Bimsstein, Holzasche, Scheuergras (Zinnkraut), Zigarrenasche und durch häufiges Waschen in warmem Wasser!«

Es war die Zeit der Ausrufezeichen.

Berlin war laut. Der Mitternachtsschlag der Heilandskirche, das Hufklacken eines Kutschpferdes. Aus einer Kneipe drangen die Musik eines Fiedlers und das Stampfen der Tanzschuhsohlen, Autos mit heulenden Holzgasmotoren fuhren vorbei.

Mein Weg führte mich in eine stille, sandbestreute Straße, die von Kastanienbäumen gesäumt war. Ich sog die Nachtluft ein.

Geklinkerte Fabrikhallen standen in der Straße. Das Gebäude, in dem sich der Klub befinden sollte, war dunkel.

Wenn man direkt davor stand, hörte man leise Geräusche. Ich legte ein Ohr gegen die Tür. Sie war nicht verschlossen. Ich durchquerte eine Halle und stieg eine Treppe hinunter, an deren Ende eine Stahltür lag. Ein Schild war in den Stahl geschraubt, darauf stand: *Swing tanzen verboten, Reichskulturkammer.* Von innen hörte ich den Klang eines Saxophons. Die Scharniere waren geölt.

Drinnen spielte eine kleine Jazzkapelle, ein Pianist, ein Schlagzeuger, ein Kontrabassist und ein Mann am Saxophon. Menschen tanzten zu einem langsamen Lied. Im Halbdunkel sah ich einen verzinkten Tresen. Dahinter stand eine Frau mit weißem Hemd und Hosenträgern, sie war zart und gerade. Als ich näher kam, sah ich, dass ihr Gesicht trotz des Winters mit Sommersprossen besprenkelt war. Die Luft war heiß. Das war das Berlin, das ich mir erhofft hatte. Der Klub hatte keine Fenster.

Wie viel wohler ich mich in dunklen Räumen fühlte.

Ich setzte mich an einen Tisch in der Ecke. Auf dem Boden lag ein Windhund.

Nach einiger Zeit ging die Tür auf. Ein Mann trat herein. Er war so groß, dass er den Kopf einziehen musste. Ein Filzhut saß ihm tief im Gesicht, sein Mantel sah aus wie für ihn geschneidert. In der Hand trug er etwas, das in Papier gewickelt war. Ich sah, wie der Windhund ein Auge öffnete. Der Schlagzeuger wechselte zu einem schnelleren Rhythmus, vielleicht war es ein Zufall.

Der Mann lächelte ein schiefes Lächeln. Alle schauten ihn an. Im Takt der Musik ging er an die Bar, die Frau mit den

Sommersprossen lief zu ihm. Er nutzte ihren Schwung, um sie auf die Tanzfläche zu drehen. Ein Lied lang spielten die Musiker nur für ihn, so kam es mir vor, er tanzte mit geschlossenen Augen, dann küsste er die Frau, ließ ihre Hand fallen, drehte sich auf den Absätzen und ging in meine Richtung. Ich spürte mein Herz pochen. Als er näher kam, sah ich, dass ihm unter dem Hut helles Haar in die Stirn fiel. Er war älter als ich, dreißig Jahre alt wohl, aber sein Lächeln erinnerte mich an einen Schuljungen. Er hatte keine Narbe im Gesicht.

Vor mir kniete er sich auf den Boden und wickelte ein Stück rohes, sehniges Rindfleisch aus dem Papier. In einem Holster an seinem Gürtel steckte eine Pistole. Der Windhund verschlang das Fleisch. Der Mann schaute sich im Raum um, dann blieb sein Blick auf mir ruhen.

»Darf ich?«, fragte er und deutete mit einer Hand auf den Stuhl neben meinem. Mir fiel seine hohe, brüchige Stimme auf, die nicht zum Rest seines Körpers passte. Er setzte sich sehr gerade.

»Hat Ihnen schon mal jemand gesagt, dass Sie unfassbar schöne Wimpern haben?«, fragte er und deutete auf meine Augen.

Ich nickte, aus Versehen, natürlich hatte das noch nie jemand zu mir gesagt.

»Auch ein Freund der verbotenen Musik, ja?«, fragte er.

Ich musste auf seine Hände schauen. Mit einem weißen Tuch rieb er sich das Blut ab.

»Jatz meine ich. Mögen Sie Jatz?«

»Ich treffe nur eine Bekannte.«

»Hervorragend«, sagte der Mann und hob sein Glas. Er musste es halb gefüllt in der Manteltasche getragen haben. Es war ein Schwenker aus Kristall. »Auf die Bekannten«, sagte er. Als er trank, zwinkerte er mir über den Rand des Glases zu. Unter dem Nagel seines linken Mittelfingers klebte Blut.

Wir lauschten beide ein wenig den Musikern. Eine südländisch aussehende Frau mit hoher Stimme sang.

When dawn comes to waken me,
You're never there at all.
I know you've forsaken me
Till the shadows fall.

»Wussten Sie, dass Porter seit Jahren nichts mehr schreibt? Ja? Seit dem Reitunfall.« Der Mann sprach leise, als fürchtete er, belauscht zu werden. »Spielen Sie ein Instrument?«

»Früher Viola, aber nicht gut«, sagte ich.

Er betrachtete meine Finger, dann griff er nach meinen Kuppen. Ich hatte lange keine Viola in der Hand gehabt.

»Wir müssen unbedingt zusammen spielen. Sind Sie Schweizer?«

Ich nickte.

»Von wo?«, fragte er.

»Von Genf.«

»Ah, Genf, das Grand Théâtre, darauf heben wir einen.«

Der Mann bestellte eine Flasche Kognak, er erzählte, dass

er ein Kindermädchen aus der Schweiz gehabt habe und deshalb den Akzent möge. Zur Zeit beschäftige er eine Haushälterin aus Lausanne. Dann sprach er darüber, dass Cole Porter in Harvard Jura studiert habe und ob die Form seiner Nase etwas über seine Intelligenz verate. Der Mann redete viel.

Irgendwann hielt er inne und fragte: »Was machen Sie?«

»Wie meinen Sie das?«

»Was machen Sie in Ihrem Leben?«

»Nur reisen«, sagte ich. »Ich reise.«

»Hervorragend«, sagte er. »Was noch?«

»Nichts.«

»Sie müssen doch irgendwas machen.«

»Ein wenig zeichnen. Und Sie?«

»Nicht so schnell. Warum machen Sie das?«

»Warum ich Zeichnen lerne?«

»Ja, alter Junge, warum Sie Zeichnen lernen, ja.«

Einen Moment lang saß ich da und dachte nach. Der Mann schaute mich an.

»Ich konnte das lange nicht. Ich fühl mich sicher beim Zeichnen«, sagte ich, »in den Bildern, da bin ich sicher. Verstehen Sie?«

Er griff nach meiner Schulter.

»Nein.«

Ich hatte noch nie einen Menschen getroffen, der so einen Blick hatte. Der Mann strich über mein Schlüsselbein.

»Ich könnte dich mögen«, sagte er.

Ich wusste, dass er mir in allem überlegen war.

Als er aus dem Keller ging, um sich draußen vor der Tür zu erleichtern, kam die sommersprossige Barfrau an meinen Tisch.

»Bist du Freunde mit von Appen?«

Von Appen. Ich schüttelte den Kopf.

»Nein«, sagte ich.

»Ist er echt ein mährischer Prinz?«, fragte sie.

»Tut mir leid, ich weiß es nicht.«

»Mindestens Baron, hab ich gehört.«

»Ich weiß es nicht.«

»Was weißt du überhaupt?«

»Ich …«

»Aber die Pferdegeschichte?«

Ich schüttelte den Kopf.

»Die Pferdegeschichte musst du kennen.«

»Tut mir leid.«

Sie griff mit einer Hand in das Revers meines Sakkos und kam so nah an mein Gesicht, dass ich die Wärme ihrer Haut spürte.

»Also, die Pferdegeschichte, pass auf: Beim Pollacken tauchte er auf einmal auf, irgendwo in Ostpreußen, als die 2. Panzerdivision die Letzten zusammenschoss und nur noch ein paar übrig waren. Dreckige Hunde, diese Pollackis. Stecken Stielgranaten in Socken, tauchen sie in Baumharz und kleben sie unten gegen die Panzer, hab ich gehört. Die feigen Schweine. In einer Nacht taucht von Appen auf. Und jetzt kommts: Er reitet auf einem schwarzen Pferd ins Lager der zweiten Panzerdivision wie der

Sensenmann. Manche sagen auch, weißes Pferd, als ob das so wichtig wäre. Wie der Sensenmann in jedem Fall. Er trägt keine Uniform und ist unbewaffnet, bis auf einen Degen. Er hat nur diesen Degen in seinem Gürtel stecken. Er sagt, er ist da, weil er sich um die Partisanen kümmern will. Ganz allein. Der Sensenmann und sein Pferd und sein Degen. Angeblich kann er nachts sehen wie eine Eule. Und reiten kann er. Und Wiener Walzer tanzen wie ein Kobold. Und spielt Geige wie ein Konzertgeiger. Er reitet also vor das Zelt des Kommandanten und sagt …«

Von Appen legte mir die Hand auf die Schulter. Die sommersprossige Kellnerin erschrak.

»Märchenstunde aus dem Krieg?«, fragte er und zwinkerte.

»Es heißt Kommandeur. Ein Kommandant fährt auf einem Schiff.«

Die Kellnerin küsste ihn auf die Wange und ging zurück an den Tresen.

»Stimmt das?«, fragte ich.

»Das mit dem Kobold, ja«, sagte von Appen.

»Das mit dem Degen?«

»Natürlich nicht.«

»Warum erzählt sie es dann?«

»Die Leute lieben sowas.«

»Aber es ist gelogen.«

»Ja. Eben.«

Wir bemerkten Kristin nicht gleich, als sie die Bühne betrat. Sie hauchte die Lieder. An einigen Stellen stimmte die Intonation nicht. Sie sang Englisch mit Berliner Akzent.

Sie trug eine Pfauenfeder im Haar und ein Pünktchenkleid, das an ihren Hüften spannte. Nach dem dritten Lied schaute sie zu uns.

»Potztausend«, sagte von Appen, »aber nicht die da, oder? Die ist eine Wucht.«

Er klopfte mit dem Knöchel im Takt gegen sein Stuhlbein.

»Ich bin Tristan.«

»Friedrich.«

»Die hat Titten, da kannst du Mäuse drauf knacken«, sagte er.

»Bitte nicht so über sie reden.«

»Das ist Muck«, sagte Tristan, als wäre nichts gewesen, er zeigte mit dem Zeigefinger auf den Windhund.

»Italienisches Windspiel.«

Ich nickte. Ich verstand nicht, was er meinte, und traute mich nicht zu fragen, wieso sein Hund ohne ihn in diesem Klub gelegen hatte. Tristan beugte sich runter und kraulte ihm die Ohren.

»So heißt die Rasse, mein junger Freund, Italienisches Windspiel. Eine der besten Rassen überhaupt. Muss jeden Tag zwanzig Kilometer rennen. Magst du Hunde?«

»Nein«, sagte ich.

Tristan lachte, als wäre das ein Scherz.

»Darf ich Sie auch etwas fragen, Herr von Appen?«

»Tristan. Alles.«

»Was machen Sie?«, fragte ich.

»Gar nichts«, sagte er, »nur leben.«

Kristin kam von der Bühne an unseren Tisch. Sie begrüßte mich mit einem Kuss auf meine Narbe. Ich bekam eine Gänsehaut.

Kristin flüsterte in mein Ohr: »Du bist da.« Ich roch einen Hauch Benzin und Lakritz, es war der Geruch von Ballistol, Waffenöl, das ich von daheim kannte, aber vielleicht bildete ich mir das ein. Sie strich sich eine helle Locke hinter das Ohr, sie fiel sofort wieder nach vorn.

Du bist da.

Kristin knickste vor Tristan, es wirkte, als würde sie es ironisch meinen. Er nahm ihre Hand in seine schlanken, manikürten Finger und gab ihr einen Handkuss. Das Blut unter seinen Nägeln war verschwunden.

»Ich habe Sie schon oft bewundert«, sagte er.

»Danke«, sagte sie.

»War das *Moonglow*?«, fragte Tristan.

Sie legte ihren Zeigefinger auf die halb geschlossenen Lippen.

»Verboten«, flüsterte sie und lachte.

»Hervorragend«, sagte Tristan.

Den Rest des Abends hörte ich zu. Ich war glücklich, von Nahem Kristins Grübchen anschauen zu dürfen, und fand es schön, wie elegant Tristan seine Hände bewegte und wie er von Swingtakten redete. Er schlug mir immer wieder auf die Schulter, als würden wir uns seit Jahren kennen. Kristin bestellte mir an der Bar ein Schinkenbrot und aß es selbst. Sie legte mir ihre Finger aufs Knie. So hatte mich noch nie jemand berührt.

Sie aß Pralinen, die sie aus ihrer Handtasche zog. Sie verbog Tristan die Hutkrempe. Sie trank schnell und ließ uns zahlen. Tristan wurde betrunken. Er musste sich an der Tischkante abstützen.

Es war ein kalter Morgen.

Als wir den Klub verließen, lag Raureif auf den Scheiben der Fabrikhallen. Kristin hakte sich bei uns ein. Tristan schwankte. Kristin ging gerade. Der Hund trippelte neben uns. Tristan hatte sein Kognakglas wieder in seine Manteltasche gesteckt. Er setzte sich in seinen Wagen, der vor dem Klub parkte, hob den Hund auf seinen Schoß und streichelte ihm das Fell hinter den Ohren.

»Aut viam invaniam aut faciam«, sagte er und zeigte mit seinem Zeigefinger auf mich. »Wer hats gesagt?«

Ich schwieg. Tristan startete den Motor.

»Hannibal. Nachti«, sagte er, legte seine Hand auf meine und streichelte sie.

»Wie fühlst du dich?«, fragte er.

Er fuhr davon, ohne auf eine Antwort zu warten. Seine Frontscheibe war halb vereist.

»Schlaf gut, Trunkenbold«, rief Kristin hinter ihm her.

Sie zog mich über den festgefrorenen Straßensand und küsste mich drei Kastanien später. Ich ließ die Augen offen. Sie hielt sich mit den Händen an meinen Hosenträgern fest.

»Inveniam, nicht invaniam«, sagte sie, »so ein Angeber.«

Sie strich mir durch die Haare am Hinterkopf. Sie schmeckte nach Rauch und Alkohol und ihre Nase war kalt. Sie wurde von ihrem Husten geschüttelt. Es störte mich nicht, weil sie beim Husten ihr Kinn an meine Schulter legte. Sie konnte gut umarmen. Mir war übel vom Kognak, aber ich wollte, dass diese Nacht immer weiterging.

Kristin streichelte über meine Wange.

»Mein Schweizer«, sagte sie.

»Früher hab ich mich manchmal unsichtbar gefühlt«, sagte ich.

»Wie besonders du bist.«

»Als wäre ich nicht da.«

Ich weiß nicht, warum ich in diesem Moment darauf kam. Ich spürte, wie ihre Hände unter meinem Mantel hoch zu meinem Nacken glitten.

»Jetzt bist du bei mir.«

Ich schlug meinen Mantel um sie, damit sie warm blieb. Bevor sie mir an diesem Morgen einen letzten Kuss gab, fragte ich sie, was ich seit Stunden dachte.

»*Moonglow*«, sagte ich.

»Ja.«

»Warum ist das verboten?«

»Ist von Benny Goodman.«

»Und?«

Ihre Hand in meinem Nacken hielt mich fest.

»Der ist Jude«, sagte sie.

Sie zog die Hände aus meinem Mantel, ging einen Schritt zurück, drückte sich den Zeigefinger auf die Lippen und legte ihn danach auf meinen Mund. Sie ging allein in den Morgen.

*

6. Fall: *Chaim Horn mit Ehefrau und 2 Kindern*
            Zeugin: Else Weidt

Die Angeschuldigte kam in die Blindenwerkstatt Wendt,
Berlin CZ, Rosenthaler Straße 29, wo hauptsächlich Juden
beschäftigt waren, die sich dort verborgen hielten. Am
folgenden Tag wurden auf Veranlassung des Angeschuldigten
von der Geheimen Staatspolizei alle Juden aufgegriffen
und in das Lager Hamburger Straße gebracht, unter ihnen
befand sich Chaim Horn, der sich mit seiner Ehefrau und zwei
Kindern in einem durch einen Kleiderschrank verdeckten
Raum versteckt gehalten hatte. Mit anderen Juden wurde die
Familie Horn nach Theresienstadt bzw. Auschwitz gebracht;
sie ist seitdem verschollen.

Bl. 1/15, 112, 188

FEBRUAR 1942   Der US-amerikanische Regierungs-
sender »Voice of America« strahlt sein erstes Programm in
deutscher Sprache aus. Seekriegsschauplätze der deutschen
Kriegsmarine in diesem Monat: Nordatlantik, Westatlantik,
Mittelatlantik Südpazifik, Südwestpazifik, Zentralpazifik,
Nordmeer, Nordsee, Mittelmeer, Ostsee, Indischer Ozean,
Schwarzes Meer, Biskaya. Den Juden im Deutschen Reich
wird die Haltung von Haustieren verboten. Glenn Miller
erhält die erste Goldene Schallplatte der Musikgeschichte
für das Lied *Chattanooga Choo Choo*. Zweites Gebot der
zehn Gebote für jeden Nationalsozialisten des Dr. Joseph
Goebbels: »Deutschlands Feinde sind Deine Feinde; hasse
sie aus ganzem Herzen.« Im Los Angeles Biltmore Hotel
werden die Oscars verliehen; Walt Disney gewinnt in der
Kategorie »Bester kurzer Trickfilm«. Der Kleinbauer Blasius
Diegruber aus Rußbach und seine Frau Anna werden vom
Sondergericht Salzburg wegen Schwarzschlachtungen zu
zwei Jahren beziehungsweise einem Jahr Zuchthaus
verurteilt. Ein Kontrollausschuss der US-amerikanischen
Regierung ordnet an, das gesamte Aluminium in den
Vereinigten Staaten zu beschlagnahmen. In sein Tagebuch
notiert Goebbels: »Die Möglichkeit zur Entspannung
müssen wir durch leichte Rundfunkmusik, durch Literatur
leichterer Art und Ähnliches verschaffen.« Italienische
Restaurants bekommen die Auflage, Fleischgerichte nur
noch an Samstagen zu servieren. Aus Beuthen, Oberschle-
sien, rollt der erste Zug mit Juden nach Auschwitz.

*

Ich ließ meine Fahrkarte nach Istanbul verfallen. Die kommenden Tage verbrachte ich mit einer Übung, die mir ein Lehrer in der Kunstschule gegeben hatte. Ich versuchte, einen Apfel zu zeichnen.

Ich platzierte ihn auf der Fensterbank. Der Lehrer hatte gesagt, beim Apfel handele es sich um ein einfaches Objekt. Ich versuchte, den Kernschatten des Apfels zu finden, die dunkelste Stelle, um dem Bild einen Fokus zu geben. Als Kind hatte ich dutzende Äpfel gezeichnet, es ist eine Übung für Anfänger, aber ich dachte an die Bilder Cézannes, daran, wie er Äpfel gemalt hatte. Am Mittag des dritten Tages aß ich den Apfel.

Im Sekretariat der Kunstschule erkundigte ich mich, wie Kristin mit Nachnamen hieß.

»Sind Sie einer ihrer Lateinschüler?«, fragte die Sekretärin, deren Brille an diesem Tag so verschmiert war, dass ich mich fragte, wie sie mich erkannte. Die Frau sah wohl die Verwirrung in meinen Augen.

»Fräulein Kristin unterrichtet ein paar Burschis von der Lateinschule und frischt ihnen die Grammatik auf.«

»Sind Sie sicher?«

»Nein, ich bin nicht sicher. Niemand ist sicher. Aber Fräulein Kristin hab ich getestet. Dekliniert wie ein Ass.«

»Wissen Sie ihren Nachnamen?«

Sie überlegte einen Moment.

»Nein, tut mir leid. Hab ich noch nie drüber nachgedacht.«

Ich ging nachts in den Melodie Klub und fragte die Kellnerin.

»Hier singt keine Kristin«, sagte sie.

Als auf dem Zimmer mein Telefon klingelte und mir der Empfangschef sagte, im Foyer stehe ein Herr von Appen, spürte ich meinen Puls in den Schläfen. Der Abend im Melodie Klub war zwei Wochen her.

Tristan lehnte an einer Marmorsäule im Foyer und las die Zeitung »Das Schwarze Korps«.

»Wie fühlst du dich?«, fragte er. Sein Handschlag war zart. Ich war in den vergangenen Tagen so einsam gewesen, fast hätte ich ihn umarmt. Er hatte die Haare gescheitelt und trug einen doppelreihigen Nadelstreifenanzug aus Wolle. Die Kellnerinnen, die über den Teppich des Foyers eilten, schauten Tristan heimlich an und lächelten, als er sie bemerkte. Er roch nach eingebügelter Stärke und wie das Neapelgelb aus meinem Tuschkasten. Ich fragte nicht, wie er mich gefunden hatte.

»Wie war die Nacht? Noch schön gerumst?«, fragte er.

Ich schaute auf den Teppich.

»So eine Ladung Pervitin könnte einen Elefanten weghauen«, sagte er.

»Was meinst du?«

»Na diese Pralinen, die Kristinchen dauernd isst, die sind mit Pervitin getränkt.«

Tristan legte mir einen Arm um die Schulter. Es fühlte sich schön an. Ich dachte, so sind die Deutschen.

Er ging mit mir durchs Foyer und ließ mich erst los, als wir vor einem dunklen Volkswagen standen. Tristan stieg ein und öffnete von innen die Beifahrertür. Ich wusste nicht, wohin wir fuhren, aber es gefiel mir mit ihm. Es war leicht. Er bewegte sich die ganze Zeit ein wenig so, als hörte er Musik.

»Rosenholz«, sagte Tristan und tippte auf die Armatur.

Er steuerte bedächtig durch die leeren Straßen Berlins bis zum Savignyplatz und summte dabei.

Als er ausstieg, blieb er nah an einer Hauswand stehen und betrachtete ein regungsloses Eichhörnchen, das vor ihm auf dem Boden kauerte. Tristan sank in die Hocke und hob es hoch.

»Na, mein Süßer«, sagte er.

Eichhörnchen sind scheue Tiere, aber dieses schien keine Angst vor Tristan zu haben.

»Zeig mir, wie ein Mensch mit Tieren umgeht, und ich sag dir, ob er das Herz am richtigen Fleck hat«, sagte er.

Im Hausflur grüßte uns ein Portier mit einem Hütchen auf dem Kopf. Neben der Eingangstür hing ein Emailleschild, auf dem stand: *Eingang nur für Herrschaften!*

Tristans Wohnung war zu groß für einen alleinstehenden Menschen, hell und mit Stuck verziert, der Esstisch bot Platz für eine Abendgesellschaft. Auf der Tischplatte stand eine Violine, die an einer leeren Blumenvase lehnte. Im Flur hingen Kronleuchter. Die Garderobe hatte Haken in der Form von Lilien. Im Wohnzimmer lag eine Fechtbahn aus Kupfergeflecht. Auf einem meterlangen, an die Wand geschraubten Brett standen Eulen aus Ton, manche waren winzig, die größte war lebensgroß. Tristan hatte die Eulen nach Helligkeit geordnet.

Ich hatte noch nie so gewaltige Fenster in einer Wohnung gesehen. Abendlicht fiel schräg auf die Dielen.

Tristan streichelte mit dem Daumen über den Kopf des Eichhörnchens, das er in der Hand trug.

»Dich kriegen wir schon wieder hin.«

Aus einem Nachbarzimmer holte er einen Karton, stellte ihn auf die Fensterbank und setzte das Tier hinein.

»So«, sagte er, »schon mal gefochten?«

Er gab mir eine stichfeste Jacke und zog sich vor mir aus, um in einen Fechtanzug zu schlüpfen. Die Hose faltete er, sein Sakko hängte er über einen Bügel. Er war blass, seine Muskeln waren lang und mager.

»Nirgends lernt man einen Mann besser kennen als im Kampf«, sagte er.

Ich fand das albern.

»Ich dachte, die Degengeschichte ist ein Märchen«, sagte ich.

In der Tür erschien eine Frau, die ein weißes Häubchen auf dem Kopf trug, sie schaute in den offenen Karton mit dem Eichhörnchen und senkte den Blick.

»Bonsoir Mademoiselle«, sagte Tristan, »pourriez-vous s'il vous plaît nous apporter un pichet de bière. Et y'a t'il Roquefort dans la maison?«

Sein Französisch hatte den harten Klang der Schweizer, den ich von daheim kannte.

»Sofort, Herr von Appen. Roquefort, bien sur.«

Die Frau sprach Deutsch mit französischem Akzent.

»Et Mademoiselle, il y'a un bébé hibou sur le rebord de la fenêtre. Rappelez-vous le demandez? Et faites attention que Muck ne vient pas près de lui.«

»Pardon, monsieur Appen. Permettez-moi de vous corriger.«

»Quand vous le désirez, ma chère.«

»Vous avez fait une petite faute. En fait ce n'est pas hibou, c'est écureuil.«

»Ah, je vous remercie, ma chère, excusez-moi, je vous prie. Merci de me dire ca. Écureuil, bien sur. Merci.«

»Avec plaisir, cher maitre.«

Tristan zeigte mit der linken Hand Richtung Fenster zum Eichhörnchen und streckte dabei den Arm. Auf seinem Bizeps sah ich eine kleine Tätowierung, eine dunkle Null.

»Et que pensez-vous d'avoir une soirée libre? Il monent ce sour au cinema *Anushka*.«

»Natürlich, Herr von Appen.«

Die Frau verließ den Raum. Tristan sagte: »Ein Engelchen. Kann Bettwäsche mit einer Hand falten. Und das Französisch, hervorragend, da bleib ich in Übung.«

Ich zog mich schnell um. Die Fechtjacke war so lang, dass ich sie an den Ärmeln umkrempeln musste. Tristan reichte mir einen Degen.

»Der Degen«, sagte er. »Ein Meter zehn. Habe ich gemessen. Dreikantig, elastisch, feinster Solinger Stahl.«

Ihm gefiel die Rolle des Lehrers.

»Ursprünglich nur dem Adel erlaubt. Aber den Adel gibt es ja nicht mehr, nicht wahr? In jedem Fall, die taktischste Waffe im Fechtsport.«

Meine Finger glitten über die Klingenspitze, sie war stumpf.

»Und die tödlichste.« Als er das sagte, drückte mir Tristan die Spitze seines Degens gegen die Brust, dorthin, wo mein Herz schlug.

Ich nahm die Waffe in die linke Hand. Es fiel mir leicht, die Schritttechnik falsch zu machen.

Wir fochten drei Partien, die ich verlor, ohne zu punkten. Tristan war schnell, er hatte Reichweite. Eine Zeit lang focht er zum Rhythmus von *Schwarzbraun ist die Haselnuss*.

»Du hast es im Blut«, sagte er nach der letzten Partie.

Danach aßen wir Roquefort und tranken Kellerbier aus Steinkrügen. Ein Schweißtropfen rollte Tristan die Schläfe hinunter und fiel in seinen Krug.

»Schmeckt dir der Käse?«

Ich nickte.

Tristan sagte, dass es im Krieg leicht sei zu vergessen, wer wir sind. Dass die Deutschen eine Kulturnation seien, das Land Heines und Wagners. Er sagte, deshalb sei gutes Essen so wichtig. Es sei ein Ausdruck unserer Kultur. Nur weil Krieg sei, dürften wir das nicht vergessen. Er sagte: »Andere sehen die Dunkelheit. Ich sehe die Schönheit.«

Er zeigte auf den Käse.

»Vom Marché des Enfants Rouges.« Ich sah, wie stolz er war.

»Und die Rationierungen?«, fragte ich.

»Die gelten für manche mehr als für andere.« Er überlegte.

»Aber schön für dich behalten, alter Junge. Und probier mal die Spreegürkchen.«

Die Haushälterin brachte eingeweckte Erdbeeren und Zucker zum Bestreuen. Tristan redete von Atlantis und Yoga, von Madagaskar und Carl Schmitt. Es sei ja kein Wunder, dass die Israeliten so schlimm aussähen, sagte er, wenn sie keine Friseurgeschäfte mehr betreten dürften.

Immer wieder las ich einen Satz, der auf der Zuckerdose stand: »Am Zucker sparen grundverkehrt – der Körper braucht ihn, Zucker nährt!«

Tristan legte eine Schallplatte mit instrumentalem Swing auf und klopfte mit zwei silbernen Buttermessern einen Takt auf der Zuckerdose.

»Ich begreife dieses Gerede von Judenmusik nicht«, sagte er, »ich meine, hörst du das Saxophon?«

Ich hörte es und war froh, dass er das sagte.

An der Wand hing, gut beleuchtet, ein Glaskasten. Darin befand sich eine Feder, die mit einer Nadel an der Rückwand des Kastens befestigt war. Ich stand auf und betrachtete die Feder, sie schimmerte schwarz.

»Weißt du, was das ist?«, fragte Tristan.

Er wartete nicht auf eine Antwort.

»Hühnerfeder. Die hat mir der Heinrich Luitpold persönlich geschenkt. Aus seiner Zucht.«

Tristan öffnete die Schublade des Sekretärs, der neben dem Sofa stand, und nahm einen Revolver heraus.

»Den hier auch«, er hielt den Revolver in den Schein der Lampe. »Schon mal auf einen Menschen geschossen?«

Er ging zurück ins Esszimmer. Vor einem großen Fenster zur Straße stand ein Kastanienbaum, dessen Zweige bis an die Scheibe reichten.

»Habt ihr in der Schweiz auch diesen Verdrängungskampf zwischen Eichhörnchen und Grauhörnchen? Ja?«

Das Wort »Grauhörnchen« hörte ich zum ersten Mal. Tristan hielt einen längeren Vortrag darüber, dass Unbekannte in England das ursprünglich in Nordamerika heimische Grauhörnchen ausgesetzt hatten und dass es nun drohe, das Eichhörnchen zu verdrängen. Um das natürliche Gleichgewicht wiederherzustellen, sitze Tristan abends hier am Fenster und halte Ausschau nach Grauhörnchen, die er vom Baum schieße.

»Ich muss mich jedes Mal überwinden«, sagte er und starrte nach draußen.

Er nahm zwei Stühle vom Tisch, holte unsere Mäntel und eine Zeit lang saßen wir nebeneinander, die Füße auf die Fensterbank gestellt, und schauten in die Nacht. Eichhörnchen oder Grauhörnchen sah ich nicht. Wenn ich eins von beiden gesehen hätte, wäre es für mich ohnehin grau gewesen, aber das verschwieg ich, weil ich Tristan nicht enttäuschen wollte.

Er klappte die Trommel der Waffe auf, entnahm ein Projektil und gab es mir. Es lag gut in meiner Hand. Kühl, vorn glatt, und hinten konnte man mit dem Fingernagel durch die Rillen fahren.

»Als Erinnerung«, sagte Tristan.

»Danke.«

»Darf ich dich was fragen?«

Ich nickte.

»Was suchst du hier in Berlin? Ich meine, wir sind im Krieg. Du könntest doch überallhin reisen. Was suchst du gerade hier?«

»Ist albern«, sagte ich.

Tristan lachte. Der Wind strich durch die Äste des Kastanienbaums.

»Das Leben ist albern.«

»Die Wahrheit«, sagte ich.

»Ja klar die Wahrheit, was denn sonst?«

»Nein, ich meine, ich habe die Wahrheit gesucht.«

Er hörte auf zu lachen.

»Das ist schön.«

Er griff nach meiner Hand und hielt sie fest. In der anderen Hand hielt er die Waffe.

»Und du?«, fragte ich.

»Und ich? Was ich suche?«

»Nein, hast du schon mal auf einen Menschen geschossen?«

Er schaute auf den Revolver in seiner Hand. Draußen im Baum raschelte etwas, ich versuchte das zu ignorieren. Tristan sagte: »Schmauch ist schon ein herrlicher Geruch.« Und dann lachte er.

Es hätte ein schöner Abend mit einem neuen Freund sein können, aber ich bekam Sodbrennen von den Spreegurken und ging. Ein Taxi brachte mich zurück ins Hotel.

So einen Freund hatte ich mir gewünscht. Ich fragte mich, warum ich den Degen in die falsche Hand genommen hatte und ob das eine Lüge war.

*

3. *Fall:* *Frau Ferber mit Kind*
Zeuginnen: 1. Frau Kachel, 2. Elly Lewkowicz

Frau Ferber wurde mit ihrem Kind von den jüdischen Fahndern Behrendt und Leweck in der Wohnung des Aron Przywozik, der bereits zuvor abtransportiert worden war, festgenommen. Im Lager Große Hamburger Straße trafen die Zeuginnen Frau Ferber, die mit ihnen gemeinsam nach Auschwitz transportiert wurde. Als Frau Ferber zur Vergasung geführt wurde, war Frau Kachel selbst zugegen. Sie bekundet, daß die Angeschuldigte, die zwar bei der Festnahme der Frau Ferber nicht zugegen war, die Wohnung des Przywozik nach illegal lebenden Juden ausgekundschaftet habe.

Bl. 1/2
Bl. 1/158–159
Bl. 1/158

MÄRZ 1942   Im Berliner Ufa-Palast findet die Urauf-
führung des Films *Der große König* statt. Lübeck brennt nach
einem Bombardement der Royal Air Force. Im Warschauer
Ghetto schreibt ein junger Konzertkritiker namens Marcel
Reich Rezensionen für die Ghetto-Zeitung *Gazeta Żydows-
ka*. Drittes Gebot der zehn Gebote für jeden Nationalsozialisten des Dr. Joseph Goebbels: »Jeder Volksgenosse, auch
der ärmste, ist ein Stück Deutschland; liebe ihn als Dich
selbst.« Den französischen Truppen von General Charles de
Gaulle gelingt der Vorstoß ins italienische Libyen. Um die
deutsche Eisenbahn umfassend für Kriegstransporte einset-
zen zu können, werden für unbegründete Privatreisen mit
dem Zug schwere Strafen angedroht. Reinhard Heydrich
ordnet an, dass Juden ihre Wohnungen durch einen weißen
Stern aus Papier kennzeichnen müssen. Im Münchner
Palais Almeida eröffnet eine Werkschau mit Arbeiten des
Zeichners Alfred Kubin. Goebbels verbietet deutschen
Theatern die Aufführung des Dramas *Die Weber* von Gerhart Hauptmann. Im Deutschen Reich werden alle Personen aus der Modebranche gezwungen, Mitglied in der
Reichskammer der bildenden Künste zu werden, mit dem
Ziel, dass die deutsche Mode dadurch besser werde als die
französische Mode. Robert Bosch, ein deutscher Indus-
trieller, Ingenieur und Erfinder, stirbt in Stuttgart an den
Folgen einer Ohrenentzündung; vorher stellt er sicher,
dass den Bosch-Werken genug Zwangsarbeiter zur Fertig-
stellung der Wehrmachtsaufträge zur Verfügung stehen.

*

Mitte Februar bekam ich einen Brief aus Istanbul, in dem Vater fragte, wann ich weiterreisen würde, und in dem er schrieb, dass er gute Erfahrungen mit dem Sufismus mache. Dem Brief lag ein Foto bei, auf der Rückseite stand: »Choulex, 1939«. Das Foto zeigte meinen See hinter dem Minoritenkloster. Vater fragte, wie ich es mit den Nationalsozialisten aushielt. Ich trank eine halbe Flasche Kognak.

*

33. Fall: Goldstein oder Goldberg
             Zeuge: Harry Askansas

Der Zeuge Harry Askansas wurde im Juli aus politischer Haft entlassen und nahm eine Tätigkeit bei der Firma Perschner in Weißensee auf. Die Angeschuldigte erschien am Eingang des Arbeitsraumes und forderte einen jüdischen Arbeitnehmer durch den Betriebsinhaber Perschner zum Mitkommen auf. Perschner teilte dem Zeugen anschließend mit, dass die Angeschuldigte einen Ausweis der Geheimen Staatspolizei auf den Namen »Jagow« vorgelegt habe. Das Schicksal der abgeholten Juden ist nicht bekannt.

Bl. 1/40, 165

*

Am nächsten Morgen hörte ich das Zimmermädchen zu früh. Sie wollte Handtücher ins Bad legen wie jeden Tag, ich drehte mich auf die andere Seite. Mein Mund war trocken, die Zunge klebte mir am Gaumen.

»Ist das schön hier.«

Kristin stand mit dicht nebeneinandergestellten Füßen an der Tür, sie trug Schaftstiefel und betrachtete die Bücher im Regal. Auf ihrem Kopf saß ein schräg aufgesetzter Tirolerhut.

»*Zum Ewijen Frieden*, das kenn ich noch nicht«, sagte sie und strich über einen Buchrücken im Regal.

Sie zog sich ihre Schuhe und Socken aus und sagte: »Ich sags dir lieber gleich. Ich muss immer die Socken ausziehen, sonst fühl ich mich so eingeschränkt.«

Kristin ging durch den Raum, zog die Vorhänge auf und öffnete ein Fenster. Ich trug kein Schlafhemd.

»Was machen wir?«, fragte sie. Sie setzte sich ans Fußende des Bettes.

»Fräulein Kristin …«

»Kristin.«

»Kristin … ich … dürfte ich Sie bitten, sich kurz umzudrehen.«

Ein Lächeln stieg in ihr Gesicht.

»Ist das so?«

Sie ging zum Fenster, legte die Fingerspitzen dagegen und schaute nach draußen.

»Ich guck nicht«, sagte sie. Ich hörte in ihrer Stimme, wie ihr die Situation gefiel. Mit langen Schritten ging ich ins Bad. Durch die geschlossene Tür hörte ich sie lachen.

Ich wusch mir kalt das Gesicht, kaute ein wenig Zahnpasta und warf mir einen Bademantel über. Ich fragte mich, wie sie es geschafft hatte, in mein Zimmer zu kommen, ohne dem Personal zu sagen, dass sie zu mir gehörte.

Als ich das Zimmer betrat, stand Kristin vor der Staffelei und betrachtete meine Malversuche. Sie wickelte eine ihrer Pralinen aus der Zinnfolie und lehnte sich mit ihrem Becken an die Fensterbank.

»Wir können ins Varieté in den Wintergarten oder ins Haus Vaterland am Potsdamer und ein bisschen Jatz hören, Melodie Klub geht auch immer. Oder kennst du das Bollinger?«

Sie strich über die Vorhänge.

»Ich wette, hier gibts noch Bohnenkaffee.«

Ich rief bei der Rezeption an und ließ ein Frühstück für uns kommen. Sonst trank ich morgens nur zwei Tassen Tee, aber an diesem Tag, weil Kristin danebenstand, hörte ich mich sagen, die Kellner sollten alles bringen, was sie hätten.

Im Jahr 1942 erhielt jeder Erwachsene in Deutschland eine begrenzte Menge Nahrungsmittel, Seife, Kleidung und Kohle pro Monat. Vier Pfund Brot pro Woche, 300 Gramm Fleisch, 280 Gramm Zucker, 206 Gramm Fett, 110 Gramm Marmelade und ein Achtel Pfund Ersatzkaffee aus Zichorie oder gemälzter Gerste. Im Hotel führte jeder Kellner eine kleine Schere an einer Kette mit sich, um die

Abschnitte von den Lebensmittelkarten zu trennen, aber Gäste konnten auch ohne Marken essen. Wenn man den Preis zahlte, besorgte der Empfangschef die Lebensmittel vom Schwarzmarkt. Essen interessierte mich nicht, Kristin interessierte mich. Ich zahlte den Preis.

Zwei Bedienstete trugen Stühle und einen Tisch ins Zimmer, legten ein gestärktes Tuch darauf und beluden ihn mit warmem Hefezopf, Hagebuttenmarmelade, kaltem Fleisch, Käse und einem Korb mit Äpfeln. Ich sah, wie Kristin die Speisen betrachtete und lächelte. Neben den Tisch stellten die Kellner einen Kübel mit Eiswürfeln und einer Flasche Sekt, bei deren Anblick mir übel wurde. Kristin trank zwei Gläser und begann zu essen. Sie strich die Butter dick. Die zwei wachsweichen Eier aß sie mit Salz und Butter.

»Mein lieber Scholli«, sagte sie.

Ich trank Tee.

»Ehrlich gesagt, hatte ich ganz vergessen, wie gut Bohnenkaffee schmeckt«, sagte Kristin. Sie stellte die Tasse auf ihr Bein.

Ich sah, dass sie aus einfachen Verhältnissen kam. Meine Mutter hätte mich mit dem Rattanklopfer geschlagen, wenn ich eine Tasse auf etwas anderes als eine Untertasse gestellt oder ein Glas bis zum Rand eingeschenkt hätte.

Kristin trank und lachte und sprach davon, wie sie bald ein neues Lied probieren und wie sie mit mir im Landwehrkanal schwimmen würde im Sommer. Ich hörte ihr gern zu.

Sie goss Kaffee ins Orangensaftglas, legte Braten auf den Hefezopf und trank aus der Sektflasche.

Nach einer Dreiviertelstunde legte sie beide Hände auf ihren Bauch. Ich hatte nie eine Frau so essen sehen, nicht mal die Köchin daheim.

»Jetzt schlafen«, sagte sie. Sie hatte die Flasche Sekt allein getrunken. Der Tisch stand nah am Bett. Kristin ließ sich auf den Bauch in die zerwühlte Decke fallen.

Sie nahm einen Roman vom Bücherstapel neben meinem Bett, schlug das Buch in der Mitte auf und begann zu lesen. Sie las eine Weile. Ich betrachtete sie und überlegte, ob ich sie in Ruhe lassen sollte.

»Holst du uns noch bitte?«, fragte sie und zeigte auf den Sektkübel. Bis zu diesem Tag war mir mein Zimmer leer vorgekommen.

Ich zog mich schnell an. An der Bar im Erdgeschoss empfing mich der Barmann mit demselben höflich-gleichgültigen Lächeln wie immer. Er wurde »Franz der Dicke« genannt. Er hatte einen gezwirbelten Schnurrbart und war schlank.

Ich glaubte, jeder im Hotel wusste bereits, dass an diesem Morgen eine Frau in mein Zimmer gekommen war. Ich bestellte eine Flasche Sekt. Ich hätte von meinem Zimmer aus anrufen können, aber ich war so aufgeregt, dass mir das nicht eingefallen war.

Franz der Dicke bückte sich, ich hörte Glas klimpern, dann stellte er eine Flasche Champagner auf den Tresen, mit einem Etikett, auf dem die Feuchtigkeit perlte. Der Barmann lächelte und klopfte zwei Mal mit der Handfläche auf den Korken. »Muss ja nicht immer Rotkäppchen sein«, sagte er und begann damit, Gläser zu polieren. Leise sagte er: »Aufpassen, Kamerad.«

Ich blieb stehen.

»Die Kohlensäure«, sagte er, »aufpassen, die bekommt manchen nicht.«

Die Doppeltüren meines Zimmers waren angelehnt. Wenn ich daran denke, denke ich zuerst ans Licht. Berliner Licht ist oft hart und kalt. Nur an ein paar Tagen, bevor der Frühling beginnt, strahlt es wie an diesem Tag. Wahrscheinlich will ich mich so erinnern.

Mein Blick fiel auf das Bett, auf das Kleid und die gerüschte Unterhose, die darauf lagen, dann auf den Sessel, der nahe der Staffelei am Fenster stand. Auf der Rückenlehne saß Kristin. Ihre Lider waren schwer. Sie hielt einen Apfel in der Hand. Die Tür glitt lautlos ins Schloss.

»Ich werde nicht mit dir schlafen«, sagte Kristin.

Sie atmete hörbar ein.

»In der Schule war ich immer die Beste im Rennen. Deswegen sind meine Oberschenkel so kräftig.«

Mein Herz pochte so laut, ich war mir sicher, dass sie es hörte.

»Willst du es nochmal versuchen?«, fragte sie.

»Ich ... versuchen?«

»Na den Apfel zeichnen.«

Ein paar Momente beobachtete sie, was ihre Nacktheit mit mir machte.

»Komm mal her«, sagte sie.

Ich schaute ihr auf den Mund, während ich auf sie zuging. Oben auf der Sesselkante war sie größer als ich. Als ich vor ihr stand, legte sie mir eine Hand in den Nacken und zog mich zu sich.

»Du bist brav«, sagte sie.

Sie begann, ihre Stirn an meinem Gesicht zu reiben, sie roch nach der Hefe des frischen Brotes. Sie griff nach der Champagnerflasche und stellte sie auf ihren Oberschenkel. Langsam drehte sie am Drahtkörbchen und ließ den Korken knallen. Schaum tropfte ins Polster des Sessels und hinterließ einen Fleck.

Sie strich über meine Hände.

»Du kannst nicht immer so die Fäuste ballen, wenn ich bei dir bin«, sagte sie, griff nach meinen Fingern und öffnete sie.

Ich hoffte, sie würde mich in den Arm nehmen, und als sie es tat, wusste ich, dass es gut war.

»Kannst du mich Pünktchen nennen? Das mag ich.«

Ich hatte dieser Frau nichts entgegenzusetzen. Sie atmete laut und führte meine Hand. Sie war warm und weich.

»Pünktchen«, sagte ich.

Die Sonnenstrahlen fielen durch die Fenster auf unsere Haut.

*

37. Fall: von Drewitz-Lebenstein

Zeuge: Josef von Drewitz-Lebenstein

Als der Zeuge Josef von Drewitz-Lebenstein das Lokal
»Aschinger« in der Joachimsthaler Straße verließ, wurde er
plötzlich von Rolf Isaaksohn mit den Worten angesprochen:
»Halt, jetzt haben wir dich, nach dir haben wir schon 14 Tage
gesucht.« Die Angeschuldigte und Isaaksohn nahmen den
Zeugen fest, brachten ihn zum Bahnhof Zoo und von dort aus
mit der S-Bahn in das Lager Große Hamburger Straße.
Der Zeuge wurde wenige Tage später nach Theresienstadt
deportiert, wo er bis Kriegsende inhaftiert war.

Bl. 1/44, 186A

APRIL 1942 Wegen Schwarzschlachtens wird ein Berliner Fleischhauer zum Tode durch den Strick verurteilt. Frauen werden in Deutschland zur Arbeit in Rüstungsbetrieben verpflichtet. Roger Chapman wird geboren. Benito Mussolini besucht Adolf Hitler auf dem Obersalzberg. Josef Goebbels lässt den Schlager *Lili Marleen* verbieten, als er herausfindet, dass dessen Sängerin Liese-Lotte Helene Berta Wilke, genannt Lale Andersen, mit Schweizer Juden befreundet ist. Als Beauftragter für den Vierjahresplan erhöht Hermann Göring die Wochenarbeitszeit in öffentlichen Verwaltungen auf 56 Stunden. Viertes Gebot der zehn Gebote für jeden Nationalsozialisten des Dr. Joseph Goebbels: »Fordere für Dich nur Pflichten, dann wird Deutschland auch wieder Recht bekommen.« Nach Anschlägen auf die deutschen Besatzungstruppen schließen in Paris sämtliche Theater und Kinos für drei Tage. In Russland taut es und parallel kommmen die dortigen Kampfhandlungen weitgehend zum Erliegen. Im weißrussischen Minsk beginnt der Bau eines Reparaturwerks für Militärfahrzeuge, dessen Leitung die Firma Daimler-Benz übernimmt. Juden wird im Deutschen Reich die Benutzung öffentlicher Verkehrsmittel untersagt. Deutsche Truppen in Russland erhalten kaum noch Nachschub. 800 westfälische Juden aus dem Regierungsbezirk Arnsberg werden deportiert. In seiner letzten Sitzung erteilt der Reichstag Adolf Hitler als »Oberstem Gerichtsherrn« völlige Entscheidungsfreiheit.

*

Von diesem Tag an verbrachten Kristin und ich die Zeit zusammen. Sie kam jeden Morgen mit der Straßenbahn. Wir ließen uns Essen vom Schwarzmarkt holen und beobachteten Berlin durch die Sprossenfenster des Hotels.

Sie trank viel, auch morgens, aber der Alkohol veränderte sie nicht, wie ich das von Mutter kannte. Wenn Kristin mehr als drei Pralinés gegessen hatte, räumte sie manchmal nachts meinen Schrank aus und wieder ein. Sie faltete alles auf ihre Art, sie schlug die Kragen nach innen und faltete die Ärmel auf der Hemdbrust.

Sie wünschte sich, dass ich in ein größeres Zimmer ziehe. Ich zog ein Stockwerk höher in eine Suite mit Wohnzimmer und einer Badewanne aus Kupfer. »Mein lieber Scholli«, sagte Kristin.

Die Hotelrechnung ließ ich, wie vorher, an meinen Vater schicken. Ich schrieb ihm in einem Brief, dass ich noch ein wenig bleiben würde in Berlin. Ich ignorierte seine Frage, wie es mir mit den Deutschen gehe.

Das Zimmer war so groß, dass meine Schritte auf dem Parkett hallten.

Kristin hatte dem Personal erzählt, dass sie meine Verlobte sei. Ich sprach sie nicht darauf an. Der einarmige Fahrstuhlführer sagte: »Ein herzliches Heil Hitler dem jungen Paar.«

Kristin mochte die Kupferwanne. Sie lag darin und trank aus der Flasche. Sie badete so lang, dass sie heißes Wasser nachlaufen lassen musste. Sie las die Bücher aus dem Bücherregal und bat mich, ihr die verbotenen Romane von Hemingway zu besorgen.

Als sie aus dem Schaum stieg, war die Haut unter ihren kleinen Füßen wellig. Sie schmeckte überall nach Seife. Mir gefiel es, sie abzutrocknen. Ihr Husten wurde schwächer in dieser Zeit. Meine Zeichnungen wurden genauer.

Kristin versteckte Zettel zwischen meinen Hemden. Sie schrieb in winzigen Buchstaben.

Unter meinem Kopfkissen lag: *»du riechst gut«*

Einmal hielt mich der Empfangschef an, als ich allein das Hotel verlassen wollte, und gab mir einen gefalteten Zettel: *»bist du lieb zu mir heut abend?«*

Auf einem Zettel, den ich aus meinem linken Schuh zog, stand: *»ich bin stolz auf dich, fritz.«*

Ich fand, dass sie es übertrieb, aber ich freute mich über jeden Zettel.

»Nimmst du mich mit in deine Seevilla?«, fragte Kristin oft und ignorierte es, als ich ihr sagte, dass der See einen kurzen Fußweg vom Haus entfernt lag.

»Hauptsache See«, sagte sie.

Der Gedanke, mit ihr heimzugehen, gefiel mir.

»Nimmst du mich mit in deine Seevilla?«

»Später.«

»Abgemacht.«

Sie redete davon, dass sie am liebsten mit Öl gemalt wurde (»die Farbe riecht so gut«). Davon, wie sie sich ihre Zukunft als Sängerin vorstellte (»ehrlich gesagt, ich wünsch mir, dass mal tausend Gladiolen über mich drüberregnen«). Was sie gegen ihren Kater tat (»mein Geheimrezept sind Rollmöpse«). Sie erzählte davon, wie niedlich sie ihren

Vater fand, wenn er im Morgenmantel Klavier spielte, und dass ihre Mutter die besten Eierkuchen der Welt buk. Es schien sie nicht zu stören, wenn ich schwieg.

Sie brachte Präservative in Dosen mit ins Hotel, stapelte die leeren Dosen auf der Fensterbank und sagte den Zimmermädchen, dass sie nicht weggeräumt werden dürfen.

Kristin gefiel es, mir Ratschläge zu geben, die sie in der Kunstschule gehört hatte.

»Konzentrier dich einfach auf die Negativräume«, sagte sie, und: »Betrachte das Objekt einfach als Komposition von Formen, verstehst du?« Bei Äpfeln funktionierte das, obwohl es kaum Negativräume gibt, die einen Apfel umgeben, bei ihr nicht.

Ich fragte sie, woher sie so viele Pralinés bekam und was sie kosteten. Sie sagte: »Du bist so neugierig.«

Sie schlief nicht bei mir. Wenn ich fragte, wo sie wohne, drohte sie mit dem Zeigefinger und sagte, ihre Mutter mache sich Sorgen, wenn sie nachts nicht heimkomme.

Wie konnte ich so naiv sein?

Fragt man sich das nicht immer, wenn man zurückschaut?

Ich lief ihr nach in einer Nacht. Als sie aufstand und ging, wartete ich einen Moment und folgte ihr. Im Regierungsviertel ging sie mit schnellen Schritten Richtung Westen. Sie sprach mit jedem Schutzpolizisten, den sie traf. Sie trug ihre hellen Haare offen, niemand fragte nach ihrer Kennkarte. Im Tiergarten begann sie, ihre Schritte zu beschleunigen, und dann rannte sie. Ich verstand nicht, warum. Ich rannte hinter ihr her, einige Minuten konnte ich mithalten, dann fehlte mir die Luft. Ich schaute ihr nach, wie ihre Silhouette zwischen den Bäumen verschwand.

An einem Tag, als sie mit ihrem Kopf auf meinem Bauch lag, fragte Kristin: »Was ist deine liebste Farbe?«

»Wie meinst du das?«

»Na deine Lieblingsfarbe, Kleiner.«

»Ich hab keine.«

»Jeder hat eine.«

»Ich bin farbenblind.«

Sie drehte sich auf die Seite.

»Tut mir leid«, sagte ich.

»Na, mir tut das leid, du armer Kerl. Rot-Grün?«

Ich schaute sie nicht an. Ich erzählte ihr meine Geschichte mit dem Kutscher.

Kristin strich mir durch die Haare. Ich sah an der kleinen Falte zwischen ihren Brauen, wie sie nachdachte.

»Ist das schlimm?«, fragte ich.

»Soll ich dir die Farben wiederbringen?«

»Wenigstens Rot, hat Mutter immer gesagt.«

»Doch nicht Rot, die ist langweilig.«

Sie setzte sich auf.

»Hellgrün, natürlich.«

Hand in Hand gingen wir in den Tiergarten, sie zog mich hinter sich her und blieb vor einer jungen Buche stehen.

»Pass auf«, sagte sie, nahm meine Hand und schob ein Blatt zwischen meinen Zeigefinger und Daumen.

»Hellgrün. Wie ein junger Morgen.«

»Du findest so gute Worte«, sagte ich.

»Lügner«, sagte sie, zog an den Haaren in meinem Nacken und hielt mein Gesicht nah vor ihres.

An diesem Tag zeigte ich Kristin, wie man den Nektar aus Fliederblüten saugt.

Sie sagte, ich würde immer so niedlich die Unterlippe vorschieben, wenn ich nachdachte.

Wir küssten uns unter einem Schild im Park, auf dem stand: »Bürger schont eure Anlagen. Führt eure Hunde an der Leine«, und darunter in kleinerer Schrift: »Die gelben Bänke sind für Juden i.S.d Reichsbürgersetzes zur Benutzung freigegeben«. Die Bänke waren grau.

»Meine Augen sind blau«, sagte sie, »siehst du das?«

»Ich hätte Grün geraten«, sagte ich.

*

5. Fall: Regensburger
          Zeuge: Paul Regensburger

Der Zeuge Paul Regensburger wurde auf dem Kurfürstendamm in der Höhe Joachimsthaler Straße von der Angeschuldigten, die er zuvor einmal gesehen hatte, angesprochen.
Sie klagte ihm, daß sie wenig zu essen habe und kaum über Kleidung verfüge. Regensburger, dem ihr Lageraufenthalt nicht bekannt war, nahm an, daß sie illegal lebte. Auf ihre Veranlassung hin begaben sich beide in das Lokal »Klausner«. Die Angeschuldigte verließ den Zeugen, angeblich, um zu

telefonieren. Als sie an den Tisch zurückkehrte, sagte Regens-
burger ironisch: »Na, haben Sie Ihren Freund angerufen?«,
worauf die Angeschuldigte erwiderte: »Nein, diesmal nicht.«
Etwa zehn Minuten später stand die Angeschuldigte erneut
auf und verließ den Tisch, an den plötzlich einige Angehörige
der Geheimen Staatspolizei, unter ihnen der Lagerleiter
Dobberke, herantraten. Regensburger wurde in das Lager
Große Hamburger Straße eingeliefert. Auf dem Transport
nach Auschwitz konnte er aus dem Güterwagen fliehen.

Bl. 1/10, 217–218

*

Der Frühling kam, ich ging öfter in die Kunstschule. Die
Schüler waren weniger geworden.

»Wo sind alle?«, fragte ich die Sekretärin mit der ver-
schmierten Brille.

»Haben die Fähre ab Lissabon genommen.«

»Wohin?«

»Soll das ein Witz sein?«

»Nein.«

»Nach Sicherheit, du Ochse.«

»Haben Sie auch Angst?«, fragte ich.

Die Frau schnaufte.

»Angst, Angst, Krieg, Frieden. Ständig reden die vom Endsieg und von Krieg, dem Jud und dem Iwan und dem Sieg.
Das ist doch alles wumpe. Sollen sie lieber mal sagen, wann
es wieder Kernseife zu kaufen jibt.«

Kristin und ich gingen mit Tristan in den Park, setzten uns auf eine Decke und aßen Nougat, das Tristan aus einer weißen Pappschachtel zog und über das er leise sagte: »Aus Montélimar.«

Von einer Decke neben uns erhob sich ein geistig behindertes Mädchen, in einem geblümten Kleid, und lief lachend auf uns zu. Tristan winkte es heran, steckte ihm ein Stück Nougat in den Mund und küsste es auf die Stirn. Er umarmte das Mädchen und hielt es lange fest. »Manchmal beneide ich die Mongoloiden«, sagte er, als das Mädchen davonlief.

Auf dem Heimweg hielten Kristin, Tristan und ich uns an den Händen.

»Heil Hitlerchen«, sagte Tristan, als ein Schutzpolizist vorbeiging. Wir lachten dieses Volk und diesen Krieg aus. Möbelwagen waren nicht zu sehen.

Wir gingen zu dritt in den Melodie Klub. Tristan grüßte jeden Soldaten auf dem Weg. Manchmal zwinkerte er mir zu. Er stellte mir die Kellnerin mit den Sommersprossen vor und zeigte mir ein paar Tanzschritte.

Einmal kam Tristan mit dem Rad ins Hotel und brachte ein zweites Rad mit, das er den ganzen Weg vom Savignyplatz geschoben hatte. Zur Begrüßung sagte er: »Die Sonne steht am Firmament, die Filzlaus längs zur Sacknaht rennt.« Er gab mir das Rad mit der Stange und nahm selbst das Damenrad.

»Muck muss rennen«, sagte er, »die sind zum Rennen gemacht, diese Windspieliños.«

Der Hund rannte neben uns her, dass seine Ohren flatterten. Tristan fuhr freihändig, lachte ein wenig vor sich hin und sang dann laut ein Lied.

Wenn der Sturmsoldat ins Feuer geht,
ei, dann hat er frohen Mut.

Unsere Gesichter waren warm von der Frühlingssonne. Tristan lachte mich an.

»Schau lieber auf die Straße«, sagte ich.

»Was soll uns denn passieren?«, rief er in den Wind.

Als Tristan mich abends ins Hotel brachte und mich zur Verabschiedung umarmte, sagte er: »Sie müssen rennen. Es ist ihre Natur, verstehst du? Sie rennen. Und wenn sie nicht rennen, dann sterben sie.«

Ich streichelte dem Hund über die Ohren. Ich hatte keine Angst mehr.

»Guter Windspieliño«, sagte ich.

Tristan hielt inne. Dann begann sein reines, helles Lachen, mehr das Lachen eines Kindes als das eines Mannes. Er packte mich an den Schultern.

»Ich kann nicht fassen, dass du das gerade wirklich gesagt hast.« Er hielt mir seine Hand hin.

»Freunde?«

»Freunde«, sagte ich und nahm seine Hand.

Tristan lud Kristin und mich auf ein Gartenfest ein, auf Schwanenwerder am Wannsee. Es war das Gartenfest eines Ministeriums.

»Es gibt Reh, kommt ihr?«

Ich wollte auf kein Fest eines Ministeriums der Nationalsozialisten. Ich fragte mich, wieso er dazu Gäste einladen durfte.

»Ich weiß nicht, Tristan.«

Er wandte sich an Kristin.

»Und du, Mädel?«

Sie schmiegte sich mit ihren Brüsten an meinen Oberarm.

»Ach, komm lieber Friedrich, lass uns da hin«, sagte sie. Tristan zwinkerte mir zu.

Ich fragte, was ich als Geschenk mitbringen sollte. Tristan sagte, im Ministerium für Volksaufklärung brauche niemand Geschenke.

Für das Fest ließ ich mir meinen Smoking aus Choulex schicken. Die Köchin und einige Gärtner lebten noch dort. Am Telefon sagte die Köchin, sie habe sich gewundert, wie ich ohne Abendgarderobe nach achtzehn Uhr das Hotel verlasse.

Kristin probierte ein Kleid aus dunkler Seide, von dem ich fand, dass es zu finster wirkte an ihrer Haut. Sie hatte es im Schaufenster einer kleinen Boutique Unter den Linden gesehen. Die Verkäuferin sagte, es sei aus Paris von Coco Chanel.

»Kaufst du mir das?«, hatte Kristin gefragt.

»Bist du sicher?«

Sie hatte die Schultern gezuckt.

»War nur ein Spaß, hab eh schönere.«

Einen Tag vor dem Gartenfest war Fliegeralarm. Weil das Sirenengeheul nicht bis in die Hotelhalle drang, schlug ein Page bei Fliegeralarm einen Gong und lief damit durch die Flure. Das Geräusch werde ich nie vergessen.

Bei Fliegeralarm mussten alle Hotelgäste in einen stahlgepanzerten Tiefbunker steigen. Das Personal blieb in einem Heizungsraum. Für die Gäste hatte das Hotel Schächte anlegen lassen, die unter den Pariser Platz führten, wo sich ein Raum mit einem Ventilationssystem befand, das angeblich auch nach einem Volltreffer des Hotels noch funktionieren würde.

Im Tiefbunker spielten die Männer Karten und Franz der Dicke servierte Rotwein und Schokolade. Unter den Stühlen lagen Gasmasken. Kristin saß neben mir im Bunker, strahlte mich an und trank Wein. »Bestimmt nur ein Probealarm«, sagte sie. Einmal spielte dort unten ein Fiedler.

Am Tag vor dem Gartenfest erklang der Gong am frühen Abend. Kristin und ich lagen im Bett.

»Der Gong«, sagte ich und hielt inne.

»Noch nicht«, sagte Kristin.

»Aber der Gong.« Ich dachte an die Gasmasken unter den Stühlen im Keller. Einmal hatte jemand von »Volksgasmaske« gesprochen.

»Mach weiter«, sagte Kristin.

Wir blieben liegen, der Gong verstummte. Die Straßenlaternen waren ausgeschaltet, jede Leuchtreklame, jedes Licht in jeder Wohnung war erloschen. Damit die Bomber keine Orientierung hatten, war Berlin in Finsternis gehüllt. Ich stand auf und schaute nach draußen. Die Straße lag leer da. Berlin war dunkel.

»Was machen wir jetzt?«, fragte ich. Durch das Fenster konnte ich die Sterne sehen. Kristin schaute mich an und grinste.

»Na, in den Bunker gehen.«

Wir zogen uns an und liefen Hand in Hand die Treppen nach unten. Kristin nahm ihren Mantel mit, aber das merkte ich erst später. Die Tür zum Keller war versperrt. Ich rüttelte an der Klinke.

»Ich kenn noch einen Bunker, komm.« Kristin zog mich hinter sich her durchs Foyer.

Berlin lag still vor uns. Kristin ging vor mir über den Fußweg, sie machte kleine Hopserschritte und hielt ihre Hand nach hinten, ohne sich nach mir umzuschauen. Ich nahm ihre Hand. Kristin ging schneller als ich und zog mich mit. Dann drehte sie sich um und lächelte. Nach ein paar Metern begriff ich, dass wir in keinen Bunker gehen würden. Ich schaute in den Himmel.

»Wohin gehst du?«

»Spazieren.«

»Das ist doch gefährlich.«

»Das macht nichts.«

An der Ecke Friedrichstraße bei einer Stellung der Luftabwehr hörten wir das Lachen der Soldaten hinter Sandsäcken. Das beruhigte mich. Auf der Straße war niemand außer uns.

»Guck mal«, sagte Kristin. Das dunkle Kleid aus Seide, das sie vor zwei Tagen anprobiert hatte, hing auf einer Puppe im Schaufenster. Kristin griff nach dem Knauf der verschlossenen Ladentür.

Daheim in Choulex hatten wir einen Gartenschuppen, dessen Schloss klemmte, und eine unserer Gärtnerinnen hatte mir gezeigt, wie man die Tür mit Hilfe einer Sichel öffnet.

»Ich könnte das knacken«, sagte ich.

»Zeig«, sagte Kristin.

Ich betrachtete ihre Grübchen. Ich wusste, was sie dachte. Sie dachte, ich würde alles für sie tun. Ich zog mein Winzermesser aus der Tasche. Kristin kicherte. Lautlos klappte ich die Klinge auf, schob sie in den Türspalt und öffnete die Tür der Boutique mit einem Ruck. Das Kleid nahm ich mit und gab es Kristin. Sie knüllte es in ihre Manteltasche.

»Mein lieber Scholli«, sagte sie, »danke.«

Auf der Weidendammer Brücke setzten wir uns aufs Geländer.

»Auf dieser Brücke hier hat sich Fontane verlobt«, sagte Kristin, und nach einer Weile: »Ich hab übrigens totale Höhenangst.«

Ich knöpfte mein Hemd auf und ließ es hinter mir auf den Gehweg fallen. Als ich meine Hose abstreifte, verlor ich fast das Gleichgewicht. Ich spürte den Brückenstahl kühl an meinen Oberschenkeln. Den Hut behielt ich auf.

Ich machte eine Dreiviertelumdrehung und klatschte mit dem nackten Rücken auf den Wasserspiegel. Kristin lehnte sich übers Geländer. Das Wasser schmeckte nach Diesel. Als ich mit dem Hut zwischen den Zähnen an einer Leiter ans Ufer kletterte, kam Kristin gelaufen und trocknete mich mit ihrem Mantel ab.

»Du bist mir einer«, sagte sie. Ich weiß nicht, ob das bewundernd klang oder ob sie über mich lachte.

Wir gingen Hand in Hand zurück zum Hotel, langsam, weil es schön war. Ab und zu schaute ich aus dem Augenwinkel zu Kristin und einmal sah ich, dass sie auch zu mir schaute. Auf Berlin fiel keine Bombe in dieser Nacht.

Am nächsten Morgen schickte ich einen Boten in die Boutique und ließ dort anonym einen Umschlag mit Geld abgeben.

Am Tag des Festes kam Kristin mittags ins Hotel, sie badete mit Lavendelöl, ließ ihr Haar an der Luft trocknen und setzte sich auf einen Hocker vor den Schminkspiegel. Ich fand sie schöner ohne Schminke, morgens, wenn sie ungeduscht zu mir kam.

Sie schob mich weg.

»Du verwuschelst mein ganzes Haar.«

Sie zupfte sich die Augenbrauen und schminkte sich mit Rouge, dunklem Kajal und einem hellen Lippenstift. Ich glaube, sie übertrieb es, weil ich auf der Kante der Badewanne saß und sie beobachtete und weil Schminke damals als amerikanisch und ein wenig unanständig galt.

Ihre Haare knotete sie zu einem Dutt.

Kristin brauchte lange, wir würden zu spät kommen, es störte mich nicht. Sie las in diesen Tagen *Im Westen nichts Neues* von Erich Maria Remarque, der einmal ihr Nachbar in Wilmersdorf gewesen war, wie sie immer wieder sagte.

Sie legte sich im Bett auf den Bauch.

»Wollen wir, Pünktchen?«

»Geht sofort los.«

Ich lehnte mich an die Tür und betrachtete Kristin, das war mir genug.

»Schreibst du mir auch mal einen Liebesbrief?«, fragte sie.

»Ist das nicht kindisch?«

»Nein.«

»Aber das ist doch ein Roman und kein Liebesbrief.«

Sie blätterte und sagte, ohne mich anzuschauen: »Ist nicht jeder Roman ein Liebesbrief?«

»Ich kann nicht so gut mit Worten«, sagte ich.

»Aber du schreibst irgendwann ein Buch für mich?«, fragte sie.

Ich schwieg.

Bevor wir das Zimmer verließen, nahm sie den Flakon mit meinem Parfüm. Vater hatte es mir geschenkt. Ich benutzte es selten. Es war ein Duft, der nach Lorbeer roch und ein wenig nach Rum. Kristin sprühte das Parfüm über ihren Kopf und schaute nach oben.

»Das ist für Männer«, sagte ich.

»Bei mir riecht sowieso immer alles so süß.«

Sie lehnte sich mit dem Becken an mich.

»Ich würd so gern mit einer Kutsche fahren.«

»Es ist weit.«

»Ich fänds schön.«

Die Fahrt mit der Kutsche dauerte fast zwei Stunden, Kristin hielt meine Finger. Ich spürte den Puls in ihrem Handgelenk. Sie strich über den Galonstreifen meiner Hose.

Die Villa war aus Ziegeln gebaut, davor standen Säulen aus Sandstein. Die Auffahrt war mit Kies bestreut und gesäumt von blühenden Kirschbäumen. Kristin wickelte zwei ihrer Pralinés aus der Zinnfolie, zerkaute sie, gab mir das leere Papier und hakte sich bei mir unter. Wir gingen einen schmalen Weg zum Eingang.

»Ich bin, ehrlich gesagt, ein bisschen aufgeregt«, flüsterte sie, »hab ich Schokolade zwischen den Zähnen?«

Viele Männer trugen Uniform und Hakenkreuzbinden, die anderen Smoking. Kristin wirkte nicht aufgeregt.

Tristan kam uns mit zwei vollen Gläsern entgegen, er begrüßte Kristin mit Handkuss und mich mit einer Umarmung. Er trug einen taillierten zweireihigen Smoking, die Haare gescheitelt, und in seinem Knopfloch trug er einen dunklen Anstecker, auf dem zwei Blitze zu sehen waren.

Tristan von Appen, mein Freund, war bei der Schutzstaffel.

Eine Band spielte Musik, die mich an Polka erinnerte.

Kristin zog mich übers Parkett durch die Räume im Erdgeschoss der Villa, bis wir das Buffet erreichten. Dort lagen aufgeschnittene hart gekochte Eier mit Forellenkaviar und dünne Scheiben Rehfleisch. Man hätte vergessen können, dass wir im Krieg lebten.

Kristin lud sich Eier auf den Teller, ging auf die Terrasse, lehnte sich an eine Mauer und aß mit den Fingern. Sie sagte: »Die Männer gucken alle, aber ich will die nicht. Ich bin jetzt deine Frau.«

»Hast du gesehen, dass Tristan einen SS-Anstecker hat?«

»Ja.«

Ich schaute sie an. Sie leckte sich die Fingerspitzen sauber.

»Und?«, fragte sie.

Ein Pfad führte ans Wasser, er war von Fackeln gesäumt. Ich ging allein, setzte mich auf die Kaimauer und schaute auf die Lichter der Villen am anderen Ufer. Jedes Licht erschien mir wie ein Versprechen. Ich drehte mich um und betrachtete die Feiernden aus der Ferne. Kristin stand dort allein, ich vertraute ihr.

Tristan kam den Pfad herunter und setzte sich neben mich.

»Wie fühlst du dich?«, fragte er.

»Ich …«

»Langweilig, oder?«

Ich nickte.

»Bist du bei der SS, Tristan?«

»Obersturmbannführer, alter Junge, ist einfach die schönste Uniform.« Er zwinkerte.

»Meinst du das wirklich?«, fragte ich.

»Halb.«

»Was heißt das?«

»Ihr seid jetzt fest zusammen, ja?«

»Ja, aber warte mal, du magst doch Benny Goodman und das alles.«

Er schaute über den See.

»Müssen wir das heut Abend besprechen?«, fragte Tristan leise, und dann laut: »Glaubst du, ihr bekommt Kinder? Kristinchen und du? Ich will mal fünf haben.«

Er legte einen Arm um mich.

»Wo arbeitet unser Kristinchen eigentlich?«

Ich wusste es nicht.

»Sie unterrichtet irgendwo Latein. Tristan, ich …«

»Latein? Kristinchen?«

»Ich weiß nicht genau.«

»Soll ich ihr eine Arbeit besorgen? Schreibkraft im Ministerium. Habe gerade mit einem der Direktoren gesprochen. Latein … bist du sicher?«

Ich wollte nicht, dass mein Freund Tristan in der SS ist. Ich wollte nicht, dass Kristin für ein Ministerium arbeitet. Ich wollte, dass wir drei weiter tanzen.

»Nein«, sagte ich.

Tristan lächelte.

»Wie heißt unser Täubchen eigentlich mit Nachnamen?«

Ich zuckte mit den Schultern. Er zog die Augenbrauen nach oben.

Ein Schrei unterbrach uns. Oben am Anfang des Pfades stand ein drahtiger, kleiner Mann in Uniform.

»Von Appen!«, brüllte er.

Tristan warf sein leeres Glas in den See und wandte sich zum Gehen.

»Tristan«, sagte ich.

Er drehte sich um.

»Alter Junge?«

»Was machst du für die SS?«

»Obersturmbannführer.«

»Aber was machst du?«

Er ging auf mich zu und legte mir die Hände auf die Schultern. »Ein andermal, mein Freund, versprochen.«

Er küsste mich auf die Stirn und sprang mit weiten, schnellen Schritten den Pfad hinauf. Auf halbem Weg schrie der Mann oben noch einmal »Von Appen!«, obwohl er längst sah, dass Tristan auf dem Weg zu ihm war. Als Tristan vor ihm stand, überragte er den Mann um mehr als einen Kopf. Tristan salutierte vor ihm. Jeder Winkel seiner Haltung war so, wie er sein sollte.

Das Glas, das er ins Wasser geworfen hatte, schwamm einen Moment, dann ging es unter.

Kristin lehnte noch an der Mauer, ihre Arme hatte sie vor dem Körper verschränkt und die Hände auf ihre Schultern gelegt, wahrscheinlich, um sich zu wärmen. Vom Wasser zog Kälte herauf. Neben Kristin stand ein Mann, er hatte ein freundliches Gesicht, einen feinen Oberlippenbart und sein Smoking spannte am Bauch. Ich war erleichtert, dass er keine Uniform trug und keine Hakenkreuzbinde. Kristin lächelte, als sie mich sah, und winkte mich zu sich.

»Ich werd verrückt«, sagte sie, »das ist Ernst Hiemer.« Sie

legte dem Mann ihre Finger auf den Arm. Ich nickte. Kristin griff nach meiner Hand. Der Griff war zu fest.

»Ernst Hiemer, der berühmte Kinderbuchschreiber. Der Giftpilz, Fritze. So ein wunderbares Buch.«

Das Buch kannte ich nicht. Hiemers Händedruck war warm und angenehm.

Kristin nahm zwei Gläser Sekt von dem Tablett eines Kellners und trank eins davon sofort aus. Sie legte meinen Arm auf ihre Schultern, dass meine Ellenbogenbeuge um ihren Nacken lag.

»Wie war nochmal der letzte Satz vom Vorwort? Da hab ich ehrlich gesagt immer Gänsehaut bekommen«, sagte sie.

Hiemer stieg Blut ins Gesicht. Kristin war meisterhaft. Er gehörte ihr.

»Sie bringen mich in Verlegenheit, junge Frau. Soll ich das jetzt wirklich aufsagen?«, fragte er.

»Ja«, sagte Kristin, »bitte.« Sie hielt mich fest oder ich sie, das war schwer zu sagen.

»Weil Sie es sind, mein Fräulein.«

Hiemer seufzte und schaute mich dabei an, er holte Luft. Er sah aus, als sei ihm das ein wenig unangenehm, aber er sprach mit der Stimme eines Erzählers und machte gute Pausen zwischen den Sätzen, er konnte das Vorwort auswendig.

»Deutsche müssen lernen, den Giftpilz zu erkennen. Sie müssen die Gefahr erkennen, die der Jude für das deutsche Volk und die ganze Welt ist. Sie müssen lernen, dass die

Judenfrage uns alle angeht. Die folgenden Geschichten erzählen uns die Wahrheit über den jüdischen Giftpilz.« Seine Stimme erinnerte mich an Vater.

»Sie zeigen uns die vielen Gestalten, die der Jude annimmt.« Er pausierte und schaute uns einzeln an.

»Sie zeigen uns die Verworfenheit und Niederträchtigkeit der jüdischen Rasse. Sie zeigen uns, was der Jude wirklich ist: …« Er lächelte, hob einen Finger und blickte erwartungsvoll in Kristins Gesicht. Sie hatte ihm mit leicht geöffnetem Mund gelauscht und sagte leise: »Der Teufel in Menschengestalt.«

»Bravo«, sagte Hiemer und griff nach ihrer Hand. »So, genug davon. Ich hoffe, Sie tanzen?«

Sie drehte sich zu mir, als wollte sie, dass ich antwortete.

»Tanzen?«, fragte sie.

»Eine kleine Polka«, sagte Hiemer.

»Gerne.«

»Darf ich?«, fragte Hiemer und schaute mich an. Ich schwieg. Er lächelte mit offenem Mund. Ich fragte mich, ob ich schon einmal einen Menschen mit so geraden Zähnen gesehen hatte. Kristin lehnte sich an mich.

»Friedrich, nur ein Tanz, ja?«

»Wieso können Sie Ihr eigenes Vorwort auswendig?«, fragte ich.

Hiemer lächelte. Kristin drückte meine Hand.

»Natürlich. Tanzen Sie«, sagte ich, küsste ihre Wange und nickte Hiemer zu, »ich bitte Sie.«

Durch die Fenster des Tanzsaals beobachtete ich die beiden einen Walzer lang, dann ging ich ans Wasser und erbrach mich über die Kaimauer.

Lange saß ich da auf dem kalten Stein. Ich schaute aufs Wasser und bemerkte sie erst, als sie ihre Arme von hinten um mich legte. Ein paar Haarsträhnen hatten sich aus ihrem Dutt gelöst und fielen ihr ins Gesicht. Ihr Kajal war verlaufen. Ihr Körper dampfte Hitze aus.

»Dieser Hiemer, so ein Männeken, tanzt besser, als er aussieht. Aber war ganz schön am Poussieren.«

Ich griff nach ihrer Hüfte.

»Glaubst du das wirklich?«

»Was?«

»Der Teufel in Menschengestalt.«

Sie küsste mich und ignorierte, dass ich nach Erbrochenem roch.

»Natürlich«, sagte sie und tippte mir mit einem Finger auf die Nase.

»Aber warum?«

»Weil das alle sagen, du Traumtänzer«, sagte sie, hielt meinen Nacken und schaute mir einen Moment lang ins Gesicht.

»Guck mal in deine linke Innentasche.«

Ich zog einen Zettel heraus. Darauf stand in ihrer sauberen Schrift: *»küss mich.«*

Sie hatte diesen schweren Blick, die Lider waren halb geschlossen. Ihre Wimpern waren lang.

»Komm mal her«, sagte sie.

»Das ist doch alles Unsinn«, sagte ich. Ich drückte sie weg

und schüttelte den Kopf. »Diese ganzen Lügen. Diese Geschichte vom Fliegenpilz. Das kannst du doch nicht glauben? Du hast doch der Frau in der Bahn deinen Kaffee geschenkt.«

»Menschenskind, Friedrich, sei nicht so langweilig.«

Sie griff nach meinem Arm. Ich zog sie an mich.

»Zu Hause, der See, von dem ich dir erzählt habe.«

»Der See«, sagte Kristin sanft.

»Da ist eine Felswand. Die ist ganz hoch. Ich bin runtergesprungen.«

Sie schüttelte den Kopf, atmete durch die Nase aus und lächelte.

»So einen wie dich hab ich ehrlich noch nie getroffen.«

Sie zog mich zurück zur Party. Die Kapelle hatte aufgehört zu spielen, die Musiker packten ihre Instrumente ein. Kristin trank ein gestrichenes Glas Kirschwasser und rief in den Tanzsaal: »Ein Lied, ein Lied.«

Bald fing die Festgesellschaft an zu singen. Ich hatte keinen Durst mehr. Die meisten Melodien kannte ich nicht. Als es spät wurde, stimmte Tristan zusammen mit seinem Vorgesetzten das Lied an, das er schon auf dem Fahrrad gesungen hatte. Dieses Mal hörte ich den ganzen Refrain.

Wenn der Sturmsoldat ins Feuer geht,
ei, dann hat er frohen Mut.
Und wenn das Judenblut vom Messer spritzt,
dann gehts nochmal so gut.

Die Menschen sangen laut und schön, es waren viele Bässe, und dazwischen hörte ich Kristins kleinen Sopran. Sie hatte sich bei Tristan untergehakt. Ihr Bauch wölbte sich, wenn sie Luft holte. Ich hielt den Zettel in meiner Hosentasche fest. Als unsere Blicke sich trafen, lächelte Kristin.

Auf der Rückfahrt dampfte die Straße im Scheinwerferlicht. Kristin schlief in meinem Schoß. Lange Zeit kam uns kein Auto entgegen und der Wald lag dunkel um uns. Ich stellte mir vor, wie gut es sein könnte, wären wir die einzigen Menschen auf der Welt.

Ich trug Kristin in unser Zimmer, auf halbem Weg legte ich sie auf ein Sofa im Foyer, weil ich nicht mehr konnte.

Im Bad wusch ich ihr Gesicht und gab ihr ein Glas Wasser zu trinken. Ein paar Tropfen liefen über ihr Kinn und ihren Hals hinunter.

Ich streifte ihr das dunkle Seidenkleid ab, hängte es auf einen Bügel und zog ihr einen meiner Schlafanzüge an. Es war die erste Nacht, in der sie bei mir blieb. Sie griff mit ihrer Hand nach meinem linken Zeigefinger und hielt ihn in ihrer Faust.

Ich versuchte, nicht einzuschlafen. Einmal legte ich meinen Kopf auf ihre Brust, um zu prüfen, ob sie noch atmete. Morgens, bevor die Sonne aufging, hörte ich, wie sie aufstand und ins Bad ging. Sie zog sich im Dunkeln an, in meinem Schrank hatte sie frische Kleider hängen. Ich tat so, als schliefe ich, als sie den Raum verließ.

*

6. *Fall:*   *Mehrere unbekannte Personen*
              Zeuge: Robert Zeiler

Der Zeuge Robert Zeiler beobachtete mehrmals, wie die Angeschuldigte zum Teil gemeinschaftlich mit ihrem Ehemann auf dem Kurfürstendamm Razzien nach Juden durchführte. Beide veranlaßten dann, daß die ermittelten Personen auf bereitstehende Lastwagen verladen und abtransportiert wurden. Bei einer Razzia Ecke Leibnizstraße gab die Angeschuldigte dem Zeugen jedoch den Rat, sich umgehend zu entfernen. Kurze Zeit danach sah der Zeuge einen offenen Lastwagen vorbeifahren, auf dem mehrere Personen und am Ende des Wagens die Angeschuldigte und Rolf Isaaksohn saßen. Das Schicksal der festgenommenen Personen ist unbekannt.

Bl. 1/118, 108, 198

MAI 1942 Mexiko erklärt Deutschland den Krieg. Der britische Ministerpräsident Churchill warnt in einer Rundfunkansprache die deutsche Armee vor dem Einsatz von Giftgas. Fünftes Gebot der zehn Gebote für jeden Nationalsozialisten des Dr. Joseph Goebbels: »Sei stolz auf Deutschland; Du darfst das sein auf ein Vaterland, für das Millionen ihr Leben gaben.« Der britische Außenminister Robert Anthony Eden und sein sowjetischer Amtskollege Wjatscheslaw M. Molotow unterzeichnen einen Bündnisvertrag gegen das Deutsche Reich. In New York nehmen Bing Crosby und andere Musiker die Komposition *White Christmas* auf. Die monatliche Fettration wird von 1053 auf 825 Gramm gekürzt. Goebbels ruft den Berliner Höflichkeitswettbewerb aus. Unter dem Namen »Operation Ironclad« besetzen britische Soldaten Madagaskar. Zwei Tschechen verüben im Auftrag der tschechoslowakischen Exilregierung in einer engen Haarnadelkurve in Prag ein Attentat auf den Stellvertretenden Reichsprotektor Reinhard Heydrich. Einer der Attentäter versucht, Heydrich mit einer Maschinenpistole in seinem Mercedes Cabriolet zu erschießen, was scheitert, weil die Waffe eine Ladehemmung hat. Ein weiterer Attentäter wirft eine Handgranate, die am rechten Hinterrad des Automobils abprallt und anschließend detoniert. Die Druckwelle der Explosion zertrümmert Heydrich eine Rippe und reißt einen Riss in sein Zwerchfell. Granatsplitter dringen in seine Milz ein. Heydrich überlebt vorerst.

*

Sie kam nicht zurück, nicht am Abend, nicht am folgenden Tag.

Ich fragte mich, was ich falsch gemacht hatte, und glaubte, es müsse etwas mit unserem Gespräch am Wannsee zu tun haben.

Ich saß schweigend im Foyer an der Bar und dachte an sie.

»Die Verlobte?«, fragte Franz der Dicke nach ein paar Tagen des Schweigens.

Ich nickte.

Nachts, als keine anderen Gäste an der Bar saßen, setzte sich der Empfangschef neben mich. Er sah müde aus, eine Locke fiel ihm in die Stirn. Franz stellte drei randvolle Schnapsgläser mit Korn auf den Marmor. Der Empfangschef legte mir die Hand auf die Schulter und sagte: »Nichts hilft, mein Sohn.«

»Ich halt es nicht aus.«

»Oh doch, wir halten es alle aus, irgendwie.«

Mir fehlte ein Grund, mir abends den Kohlenstaub von der Haut zu waschen.

Ich wusste, dass ich mich getäuscht hatte, aber ich wusste nicht, worin. Ich vermisste ihren Geruch, der in den ersten Tagen in den Bettlaken hing und dann verschwand. Ich vermisste es, sie Pünktchen zu nennen.

Auf meinem Mantelkragen fand ich eines ihrer hellen Haare. Einen halben Tag lang überlegte ich, was ich damit machen sollte, bevor ich es vom Stoff zupfte. Ich nahm es in den Mund und spülte es mit Kognak runter.

Ich stellte mir vor, wie sie durch die Drehtür des Hotels ging, mit den kleinen Hopserschritten, die sie machte, wenn sie sich freute.

Die Zimmerdamen stellten Lilien auf meine Fensterbank und brachten mir heiße Schokolade, die ich ins Waschbecken kippte.

Ich schrieb Vater nach Istanbul und Mutter nach München jeweils das gleiche Telegramm:

Noch in Berlin. Verliebt. Traurig.

Mutter schrieb in ihrem Brief:

Lieber Fritz,

Ich sagte Dir einst, geh nicht nach Berlin. Und auch kann mich Deine Traurigkeit nicht recht berühren, wenn ich an all die Schicksale denke, die für das Vaterland und somit für uns kämpfen, und so viele ihr Leben lassen müssen im Kampf gegen die Terroristen.

Das allein ist es, was wir jetzt sehen und unterstützen müssen. Das eigene Leid ist ein Einzelschicksal, das zu vergessen ist.

Komm nach München, hierher zu mir. Ich werde da sein und Du wirst sehen, wie schön es hier ist in Nymphenburg. Ich grüße Dich mit Heil Hitler,

Deine Mutter

Vater schrieb in seinem Brief:

Mein lieber Sohn!

*Es wärmt mein Herz, von Dir zu hören. Stell Dir vor, wo
ich gerade sitze. Ein kleines Kaffeehaus am Bosporus,
der Kellner spricht Französisch mit stark osmanischem
Einschlag, ich trinke schwarzen Kaffee, so stark, wie Du es
Dir nicht vorstellen kannst. Er heißt Mokka und wird mit
Kardamom gebraut. Klingt das nicht großartig? Wie ein
fremder Mohr aus Tausendundeiner Nacht! Er wird in
kleinen Kännchen gereicht, dem Ibrik, wenn ich das richtig
verstanden habe. Das Pulver darin ist so fein gemahlen wie
Sand und wird direkt mit Wasser aufgekocht, ein Teufels-
trank, wie Du Dir denken kannst! Der Kellner hat mir
erzählt, dass früher die Beduinen ihre Kannen direkt im
heißen Sand der Wüste oder in der Glut ihrer Feuer
gewärmt haben. Ja, Friedrich, so nah bin ich der Sahara
hier, da wirst Du wohl gar neidisch sein! Wenn Du nur hier
sein könntest, wie schön wäre das? Aber wie ich lese, bist
Du genauso verliebt in diese lasterhafte Stadt Berlin, wie
ich vom alten Konstantinopel schwärme. Ich kenne dieses
Gefühl der Vertrautheit in der Fremde. Wir Beduinen
fühlen uns eben nur wohl, wenn wir unterwegs sind. Da
musst Du auch nicht traurig sein, die Heimat bleibt Dir
wie ein Kompass erhalten, der immer die Richtung anzeigt.
Nur gehen, das musst Du schon selbst. Ich werde Dir ein
kleines Geheimnis verraten, das Deine Mutter keinesfalls
erfahren darf. Es verhält sich nun so, dass von einem hohen
Turm mit einer Mondsichel auf der Spitze hier jede Nacht*

ein Mann die Menschen zum Gebet singt, jedes Mal
wache ich davon auf. Für diese Nacht habe ich aber einen
Plan. Ich werde mir das Wams unseres Hausdieners
ausleihen, gar fromm vor die Tür gehen und mich mit
den Muselmanen zusammen gen Mekka beugen! Ist das
nicht ein Spaß? Stell Dir mal vor, mein Sohn: Dein
Vater besucht eine Moschee. Das hättest Du Dir auch
nicht träumen lassen, oder? Ich muss nun weiter, aber
werde bald berichten.
Von ganzem Herzen,
Dein Dich immer liebender Vater

PS.: Entschuldige die Kaffeeflecken.
PPS.: Ich nehme es nicht an, aber falls ich Deine Nachricht
missverstanden haben sollte (was ich, wie gesagt, nicht
annehme) und Du gar von einem Weibsbild reden solltest,
dann nimm Dich in Acht. Die Berliner Frauen sind, nach
allem, was man hört, gehörig ungehörig.

Abends ging ich zu Tristans Wohnung am Savignyplatz.
Wenn er ihren Nachnamen kannte, würde ich sie vielleicht
finden. Er öffnete mir die Tür in Unterwäsche und mit dem
Revolver in der Hand, umarmte mich und hielt mich lange
fest.
»Alter Junge«, sagte er ein paarmal.
Der Windhund kam aus dem Wohnzimmer gelaufen und
sprang an mir hoch. Der Hundespeichel hinterließ Schlie-
ren auf meinem Ärmel.

Tristan rief nach der Haushälterin und bat sie, eine Kanne Tee für uns zu kochen.

»Den guten mit den griechischen Bergkräutern, ja?«

Als wir allein waren, sagte ich: »Kristin ist weg.«

Tristan nickte.

»Manchmal täuscht man sich.«

»Wie meinst du das?«

»Vielleicht war sie nicht, was wir in ihr sehen wollten.«

»Was wolltest du denn sehen?«

Ich fragte mich, wieso er es ohne Regung hinnahm, dass sie verschwunden war. Ich redete zu laut, Tristan klopfte mir auf die Hand. Sein Brusthaar war hell.

»Schon gut. Ich hab ja auch Angst. Wir haben alle Angst.«

Es war mir unangenehm, wie er mich anfasste. Wir tranken schweigend den Tee. Das Porzellan war so dünn, dass ich glaubte, es könnte in meinen Fingern zerspringen. Tristan fragte mich, ob ich zum Essen bliebe, und sagte, dass er seit kurzem auf Fleisch verzichte. Die Menschheit habe erst begonnen, Fleisch von Tieren zu essen, als der Urmensch sich mit dem jüdischen Kannibalen gepaart habe.

»Was redest du denn?«, fragte ich. Ich schaute auf die dunkle Null auf seinem Oberarm.

»Hab ich bei Wagner gelesen«, sagte Tristan.

»Hast du sie nach ihrem Nachnamen gefragt?«

»Und Gandhi isst auch kein Fleisch. Kennst du Gandhi?«

Ich packte ihn am Arm.

»Ihr Name.«

»Ach deswegen bist du hier.« Er schenkte Tee nach und schwieg.

»Hast du sie gefragt, Tristan?«

»Ja.«

»Und?«

»Hat gelogen.«

Ich haute mit der Hand auf den Tisch, dass die Tassen wackelten.

»Sie hat alle angelogen«, sagte Tristan.

Ich stand auf und ging. An der Tür holte Tristan mich ein und griff nach meiner Schulter. Er sprach zu ruhig.

»Ich weiß, dass du kein Israelit bist«, sagte er, »keine Angst, ich hab das längst prüfen lassen. Du siehst zwar aus wie einer, aber du bist sauber.«

Wir halten das aus. Mein Vater hatte diesen Satz gesagt. Jeden Tag in Deutschland hatte ich mich daran gehalten und so getan, als könnte ich damit leben, was mit den Juden in Deutschland geschah. Ich hatte die Fahnen mit dem Hakenkreuz ertragen und dass Menschen mich mit gestrecktem rechtem Arm begrüßten und anbrüllten. In diesem Moment spürte ich, dass es falsch war.

Ich riss mich los und lief aus der Wohnung. Ich rannte, bis der Schweiß sich am Rücken in mein Hemd saugte. In der Mommsenstraße setzte ich mich auf die Marmortreppe eines Hauseingangs. Ein Paar ging vorbei, ein alter Mann und eine alte Frau, die sich an den Händen hielten, die Finger ineinander verschränkt.

Kristin kam acht Tage nach der Nacht auf Schwanenwerder. Sie klopfte so zart an meine Tür, dass ich es erst überhörte. Als ich Kristin ins Gesicht schaute, sagte ich: »Mein Gott.«

Ihre Wangen waren eingefallen, um den Kopf hatte sie ein Tuch gewickelt. Sie hatte Hämatome unter beiden Augen. Einer ihrer Augäpfel war dunkel, Blut war in den Glaskörper gelaufen. Es war ein warmer Tag. Sie trug einen Mantel. Sie berührte mich nicht. Im Zimmer blieben wir voreinander stehen.

»Kein Kuss?«, fragte sie.

Als ich meine Arme um sie legte, zuckte sie. Sie roch nach Blut.

»Ich war nicht vorsichtig genug«, sagte sie leise. Ich verstand sie kaum.

»Was ist passiert? Was … Wer …? Was ist passiert?«

Als sie den Arm hob, sah ich, dass sie vor Schmerzen das Gesicht verzog. Sie legte mir die Hand auf den Mund.

»Ich dachte, du hast mich verlassen«, sagte ich.

»Hilfst du mir bitte aus dem Mantel, Fritze. Meine Schultern …«

Ich sah die Striemen auf ihren Armen. Als ich den Mantel hob, blieb der Gürtel an ihrem Kopftuch hängen, es rutschte vom Kopf. Für einen Moment hörte ich auf zu atmen. Ihre Haare waren rasiert. Am Nacken hatte sie dunkle Striemen. Ich konnte ihre Kopfhaut sehen. Kristin wandte sich ab.

»Ich war nicht vorsichtig genug«, sagte sie immer wieder,

»nicht vorsichtig genug.« Sie schluchzte, ballte eine Faust und schlug sich damit auf die Stirn.

»Was ist passiert?«

Sie hustete, und ich sah, wie weh ihr das tat. Sie sagte, es würde ihr leichter fallen, wenn sie mich nicht anschauen müsste bei ihrer Geschichte.

Sie rückte sich einen Stuhl ans Fenster und blickte nach draußen, als sie sprach. Es dauerte lange, zwischendurch schwieg sie, einmal schrie sie, aber sonst sprach sie ruhig. Ihr erster Satz war: »Sie haben gesagt, ich bin eine Jüdsche.«

Kristin war die Tochter Berliner Juden. Dreitagesjuden, wie sie sagte, weil sie nur an drei Feiertagen im Jahr mit ihrer Familie den Wilmersdorfer Friedenstempel besuchte. Ihr Vater hatte im Ersten Weltkrieg als Soldat gegen die Franzosen gekämpft und war im Reichsbund jüdischer Frontsoldaten. In ihrer Stube in der Xantener Straße stand eine Kommode mit einer Schublade voller Orden. Er war Komponist, mit einer Liebe zum deutschen Lied, vor allem Schubert und Schumann. Die Familie war arm.

Das alles, Kristin zeigte in den Raum, in dem wir saßen, sei wie ein Traum für sie. Das Essen sei so gut, die Daunendecken seien so weich. Sie hatte vorher nie Champagner getrunken.

Sie sei keine Jüdin, sagte sie. Sie sehe nicht aus wie eine Jüdin, habe keine jüdischen Freunde, spreche kein Jiddisch wie die Ostjuden und glaube nicht an Gott.

»Ich bin doch ganz arisch«, sagte sie.

Sie esse Schweinespeck. Sie könne nicht mal das Schma Jisrael auswendig. Hitler habe sie zur Jüdin gemacht.

Nach der Nacht, in der die Synagoge in der Fasanenstraße brannte und Feuerwehrleute davor gestanden und zugeschaut hatten, hatte Kristin verschwiegen, dass auf ihre Kennkarte der rote Buchstabe »J« gestempelt war. Sie wolle Sängerin werden, und das ging nicht mit jüdischem Blut. Ihre Eltern hatten kein Geld für die Überfahrt nach Amerika. Sie hatten gehofft, dass Deutschland sie verschonen würde, weil der Vater im Krieg gekämpft hatte und weil ein Volk, das Schubert liebte, nicht schlecht sein konnte.

Kristins Leben war gut gewesen, mit dem kleinen Einkommen aus der Kunstschule und durch die Lateinstunden und die Auftritte im Melodie Klub. Sie schlief mit ihren Eltern in einer illegalen Pension.

Die Männer in den Ledermänteln kamen zwei Tage nach dem Fest auf Schwanenwerder und verhafteten sie und die Eltern. Die Männer sagten, sie sollen sich anziehen, sie seien in ein paar Stunden wieder daheim, und brachten sie ins Judenreferat in der Burgstraße. Wer sie verraten hatte, wusste Kristin nicht.

Ein Mann rasierte ihr mit einem Hobel die Haare auf dem Kopf, unter den Achseln und zwischen den Beinen, ohne dabei Seife zu verwenden. Er sagte, ihr Blut stinke nach Sau. Sie musste nachts in einem Kellerraum bleiben, in dem das Wasser knöcheltief stand, es war schwierig, dort zu schlafen. Das Wasser schmeckte nach Pilz. Zum Glück war Frühsommer, sagte sie, sonst wäre es kalt gewesen.

Tagsüber wurde sie in einen fensterlosen Raum geführt, den die Männer »das Geschäftszimmer« nannten. Dort stellte ein Mann sich als »der Gärtner« vor, er saß auf einem Stuhl und rauchte. An den Wänden hingen ausgerissene Seiten eines Kalenders mit Fotografien von Blumen.

Der Gärtner hatte rote, lange Locken. An der Decke hing eine Glühbirne, die bläulich strahlte. Kristins Hände waren hinter ihrem Rücken gefesselt. An einer geschmiedeten Kette hing ein Haken.

Der Gärtner brachte seine Hemden mit ins Geschäftszimmer. Er stellte im Keller ein Bügelbrett auf. Er füllte ein Bügeleisen mit Kohlen, öffnete Kristins Fesseln und ließ sich von ihr seine Hemden bügeln. Er lobte sie dafür, dass sie es schaffte, auch an den schwierigen Stellen wie dem Schulteransatz und dem Kragen die Falten aus der Baumwolle zu drücken.

Der Gärtner schob Kristins Fesseln in den Haken, der von der Decke hing, und hob sie mit Hilfe einer Seilwinde etwa einen halben Meter über den Boden. Für wenige Momente waren ihre Schultermuskeln stark genug, ihr Körpergewicht zu halten, dann sprangen die Schultern aus den Pfannen und sie hing an gestreckten Armen nach unten. Der Gärtner schlug sie mit einem Schlauch aus Gummi. Er schnalzte zwischen den Hieben mit der Zunge.

Der Gärtner sprach Bairisch. Er sagte: »Stellens sich vor, da war jetzat ein Stall voll mit Lipizzanerpferdl oder sonst so was in der Richtung, und irgendwie wills der Zufall, dass genau da in jede Generation ein belgischer Ackergaul neikreuzt wird. Vollkommen logisch, die genetisch bedingte Fähigkeit zum Laufen geht runter, gleichzeitig schießt die genetisch bedingte Fähigkeit, ein' Karren durch den Batz zu ziehn, in den Himmel hinauf. Aber das ist dann eine andere Qualität. Genauso als wie beim Menschen.«

Der Gärtner wollte wissen, wo der jüdische Urkundenfälscher Cioma Schönhaus sich verstecke. Kristin wusste es nicht. Schönhaus wurde verdächtigt, mit Hilfe einer Ösenpresse, eines Hakenkreuzstempels und mit Radierwasser von Pelikan Dokumente gefälscht zu haben.

Kristin nannte Adressen, die ihr möglich schienen. Sie gestand, eine Rassenschänderin zu sein. Sie hoffte, dafür würde der Gärtner sie bewusstlos schlagen.

Die Hiebe mit dem Schlauch waren nicht sehr schmerzhaft. Danach lag sie mit ausgekugelten Armen auf dem Boden.

»Sie haben mich aufgerissen«, sagte sie.

Mehrmals ließ der Gärtner eine Olivetti-Schreibmaschine auf sie fallen, obwohl die Schreibmaschine dabei Schaden nahm. Kristin musste die Maschine vom Boden aufheben und wieder auf den Tisch stellen, damit der Gärtner sie erneut werfen konnte.

Wenn er eine Falte in seinen Hemden fand, warf er das Bügeleisen.

Nach ein paar Tagen kugelte er ihr die Arme wieder ein, und andere Männer gaben ihr ein Tuch und fuhren sie in einem geschlossenen Wagen nach Wilmersdorf. Die

Männer sagten, wenn sie ihre Eltern lebend wiedersehen wolle, müsse sie herausfinden, wo der Urkundenfälscher Cioma Schönhaus sich aufhalte. Sonst fahre bald der Zug für die Eltern. Der Gärtner habe zum Abschied »pfiad di« gesagt.

»Was soll ich jetzt machen, Friedrich?«

»Aber du hast nie einen Stern getragen.«

»Ich hatte falsche Papiere.«

»Deshalb hast du mich nie mit heimgenommen.«

»Ach, Friedrich.«

Sie drehte sich auf ihrem Stuhl zu mir. Die Tränen hatten Salzkristalle in den Winkeln ihrer Augen gebildet. In ihrem Gesicht lag eine Härte, die ich vorher nie gesehen hatte. Ihre Haut fing das Licht nicht mehr ein.

»Meine Kristin«, sagte ich.

»Friedrich«, sagte sie, »Kristin ist nicht mein richtiger Name.« Sie schaute mich an. »Ich bin Stella. Stella Goldschlag.«

»Was machen wir jetzt?«, fragte sie.

Sie griff nach meinen Händen. Ich erinnerte mich daran, wie sie mich gefragt hatte, ob ich einen Schweizer Pass habe.

»Mein Pass ist eine Lebensversicherung, oder?«

Sie schüttelte langsam den Kopf und schloss die Augen.

»Was hättest du gemacht?«

»Die Wahrheit gesagt.«

Sie legte ihre Hand auf meinen Brustkorb. Ich spürte die Wärme ihrer Handfläche durch mein Hemd.

»Das ist echt, Fritze. Das weißt du auch.«

Sie setzte sich auf meinen Schoß. Ich sah, wie sie vor Schmerzen das Gesicht verzog.

»Ich hol dir einen Arzt, Kristin.«

»Stella«, sagte sie und schaute an mir vorbei.

»Ich hole dir einen Arzt.«

Der Empfangschef stellte keine Fragen. Er sagte, ein Arzt werde so schnell kommen wie möglich.

Eine knappe Stunde später betrat ein Mann mit einem Lederkoffer die Suite. Er trug, statt eines weißen Kittels, einen Anzug aus Tweed.

»In welchem Monat sind wir denn, mein Fräulein?«, fragte er, bevor er Stella anschaute, und dann: »Verzeihen Sie bitte.« Er fragte nicht, woher die Verletzungen stammten. Bei der Untersuchung blieb ich im Zimmer. Vorsichtig befühlte der Arzt Stellas Schultern.

»Die Gelenkkörper links sind unsauber repositioniert worden, ich muss da nochmal«, sagte er. Er zog eine Spritze auf und spritzte ihr eine klare Flüssigkeit in die Armbeuge.

»Bringen Sie mir bitte ein Handtuch«, sagte der Arzt. Ich ging ins Badezimmer und kam mit einem Stapel Handtücher zurück. Eins davon gab er Stella. Das Schultergelenk krachte, als er es erst aus- und dann wieder einrenkte. Stella kniff die Augen zusammen, ihre Zähne verbissen sich im Handtuch.

Danach betupfte der Arzt einige der Striemen mit Jod.

»Würden Sie uns einen Moment allein lassen?«, fragte er.

»Er bleibt«, sagte Stella.

Sie legte sich aufs Bett, der Arzt schob ihr das Kleid hoch zum Bauch und untersuchte sie. Ich blieb auf meinem Sessel sitzen. Ich weiß nicht, was der Arzt machte, aber ich sah den Faden, mit dem er nähte. Stella schaute mich dabei an, manchmal flackerten ihre Lider. Ich nickte ihr immer wieder zu.

Ich zahlte den Arzt und gab ihm hundert Reichsmark, damit er schwieg.

Als wir allein waren, fragte Stella nochmal: »Was machen wir jetzt?«

Lange saß ich neben ihr auf dem Bett und hielt ihre Hand.

»Lass uns nach Choulex gehen«, sagte ich.

»Ich kann nicht.«

»Dann lass uns den Orientexpress nehmen, einfach weg von hier.«

»Aber meine Eltern.«

Ihre Tränen rannen lautlos. Es half nicht, sie wegzuwischen.

In diesem Moment entschied ich, dass ich an ihrer Seite bleiben würde. Es war egal, wie sie hieß. Sie war die Frau, die mir kleine Zettel schrieb. Sie hatte keine Wahl.

»Ich weiß, wer uns helfen kann«, sagte ich.

Stella hob den Kopf. Ich atmete einmal durch, bevor ich es aussprach.

Tristan rief mich am selben Tag im Hotel an und lud mich zum Abendessen ein. Ich wusste, dass die Einladung kein Zufall war.

Als er zwei Tage später die Tür seiner Wohnung aufzog und Stella neben mir sah, zog er die Brauen hoch. Tristan trug einen Bademantel mit den Runen der Schutzstaffel auf der Brust.

»Du hättest sie nicht herbringen sollen«, sagte er, als die Tür ins Schloss fiel.

Auf dem Esstisch, in Schalen aus bemaltem Porzellan und auf metallenen Tabletts häuften sich Röllchen aus Käse.

»Aber jetzt schaut euch erstmal diese Köstlichkeiten an«, sagte Tristan, »war nicht einfach.«

»Sie hatten mich acht Tage in der Burgstraße«, sagte Stella und griff nach einem Messer.

»Komm, ich lass für drei eindecken. Es gibt nichts, was sich nicht besser beim Essen besprechen lässt«, sagte Tristan.

»Meine Eltern sind noch da unten«, sagte Stella.

Ich konnte Tristans Blick nicht deuten. Stella drückte die Spitze des Messers in ihre Handfläche. Dann strich sie sich das Tuch vom Kopf. Für einen Moment änderte sich der Klang in Tristans Stimme, sie war, wie oft, zu hoch, und jetzt brach sie ihm am Ende des Satzes weg: »Du siehst schlimm aus, Mädel.« Er schaute aus dem Fenster. »Was haben sie mit dir gemacht? Ich meine ... deine Haare?«

Stella nahm wieder das Messer und drückte die Spitze in ihre Hand, die Klingenspitze erzeugte eine weiße Stelle an ihrer Haut, dort, wo das Blut weggedrückt wurde.

»Du musst uns helfen«, sagte Stella.

Tristan lehnte sich in seinem Stuhl zurück. Er sprach noch leiser als sie.

»Ich muss überhaupt nichts.«

Ich sah, wie Stellas Hand sich um den Griff des Messers schloss. Bevor sie sich bewegen konnte, legte ich meine Hand auf ihre und hielt sie fest. Es war das erste Mal, dass ich an diesem Abend sprach.

»Was können wir tun?«

Tristan stocherte mit einem langen Spießchen aus Stahl nach einem Cornichon, hob es in seinen Mund und kaute gründlich. Seine Pupillen sprangen zwischen uns hin und her, als würde er nach den richtigen Worten suchen. »Friedrich, wir sind Freunde. Hast du mal nachgedacht, wie oft sie dich angelogen hat?«

Er hielt einen Moment inne und schaute auf die leere Fensterbank.

»Erinnerst du dich an das kleine Eichhörnchen? Ich hab es aufgepäppelt. Erinnerst du dich?«

Er schaute Stella an und fixierte sie.

»Nehmen wir mal an, diese Wohnung hier ist so etwas wie ein Reich. Das Eichhörnchen war Gast hier, ja? Der Herrscher über das Reich ist Muck.«

Der Windhund, der in einer Ecke lag, hob den Kopf.

»Was?«, sagte ich.

»Muck steckt die Schnauze ein paarmal in den Schuhkarton, aber er lässt den Gast in Ruh. Dann beobachtet Mademoiselle Lechaux, dass das Eichhörnchen nach ein paar Tagen zu krabbeln beginnt. Sie macht ein Fenster auf, damit es fortklettern kann, in sowas wie sein eigenes Reich oder sonst wohin, egal, Hauptsache weg.«

»Tristan, was redest du da?«

»... Aber es klettert nicht weg. Es bleibt in der Wohnung, wo es Haselnüsse gibt, die andere für es sammeln. Und Stück für Stück offenbart sich sein, verzeih, Kristin, verjudeter Charakter.«

»Tristan, hör auf.«

Er stand auf, den Spieß in der Hand, und stellte sich mit dem Rücken zu uns ans Fenster. Er sprach in die Nacht.

»Dann kommt die ganze Verderbtheit seiner Seele zum Tragen. Es will die Wohnung für sich allein. Es ist ihm egal, dass Muck vor ihm da war. An einem Tag sieht Mademoiselle Lechaux, wie das Eichhörnchen aus seinem Karton krabbelt und Muck einfach so in die Pfote beißt.«

»Hör auf, Tristan.«

»Einfach so.«

Stella hielt sich die Ohren zu. Tristan sprach weiter.

»Das Eichhörnchen war von solcher Niedertracht, dass sich mir jetzt noch die Haare aufstellen. Muck war erst überrascht. Ich meine, du kennst ihn. Aber als Muck verstand, packte er zu. Gottlob hat er das Ding nicht aufgefressen. Mademoiselle Lechaux verbrannte das Vieh im Ofen in der Küche zusammen mit dem Altpapier. Ihr hättet sie sehen sollen, als sie es mir erzählte. Ganz aufgelöst, die Liebe.«

Ich war aufgestanden. Stella hielt sich noch immer die Hände vor die Ohren. Tristan drehte sich um und schaute uns beide abwechselnd an. Er nahm das Spießchen, das er vorher für das Cornichon verwendet hatte, und zeigte damit auf sie. Er kam in unsere Richtung.

»Da sitzt noch so ein verjudeter Vertreter«, sagte er.

»Tristan, lass es.«

»… und wenn wir die Mucks aus der Burgstraße nicht ihren Dienst tun lassen, dann wird uns das noch leidtun.«

»Aufhören.« Ich schrie jetzt.

Er ließ den Spieß neben Stella auf den Tisch fallen, legte einen Zeigefinger unter ihr Kinn und sprach so zart, dass ich es kaum verstand.

»Sie würde uns zerhacken, zusammen mit dem restlichen Israelitenpack.«

Ich griff ihn am Arm.

»Bist du verrückt geworden, Tristan?«

Ich berührte ihn dort, wo die Null in seine Haut gestochen war.

Er nahm den Finger von Stellas Kinn, ging um den Tisch und setzte sich auf seinen Stuhl. Der Bademantel hatte sich geöffnet und seine magere Brust war zu sehen. Mit der Serviette tupfte Tristan sich die Lippen ab.

»Tristan«, sagte ich, dieses Mal leise. Dann sagte niemand im Raum mehr etwas.

Ich hörte Tristans Kauen, ich hörte, wie über uns ein Kind durch die Wohnung lief, draußen auf der Straße pfiff jemand eine Melodie, lustig und leicht.

Nach einigen Minuten erhob sich Stella langsam von ihrem Stuhl. Ich versuchte, sie an ihrer Hand zurückzuhalten, aber sie ging. Ich lief ihr nach. Tristan blieb sitzen und rief: »Wehe, du sagst irgendjemandem, was du hier für gutes Essen gesehen hast.«

Im Flur der Wohnung blieb sie stehen.

»Lass, ich muss jetzt alleine sein.«

»Kann ich irgendwie helfen?«

»Lass einfach.«

Ich wollte das Richtige tun. Ich hatte das Gefühl, das Richtige war verloren.

Ich ließ Stella gehen, trat zurück in die Wohnung und setzte mich an den Tisch. Tristan kaute und lächelte mich dabei an.

»Danke, dass du noch da bist«, sagte er.

Ich wollte ihn anbrüllen, aber damit hätte ich Stella nicht geholfen.

Ich atmete ein paarmal durch.

»Was kann ich tun?«, fragte ich.

»Stark sein und sie vergessen.«

»Ist das stark?«

Tristan zuckte mit den Schultern. Er begann, einen Teller mit Käse und Ei zu beladen und dick Butter auf eine Scheibe Roggenbrot zu streichen. Er stand auf, ging um den Tisch und stellte den Teller vor mir hin, mit der anderen Hand berührte er meine Schulter.

»Bitte. Ich esse so ungern allein.«

Ich aß ein paar Bissen und schmeckte nichts.

»Du solltest mehr Brot essen«, sagte Tristan, »Sauerteig. Brot ist gesund.«

»Sie würde alles tun. Alles, ich weiß das«, sagte ich.

Tristan schüttelte sanft den Kopf, er nahm ein Stück gerollten Käse und warf ihn Muck vor die Schnauze. Der Käse blieb dort liegen.

»Hilf ihr für mich«, sagte ich.

Tristan seufzte und ließ die Schultern fallen.

»Das hab ich doch längst«, sagte er leise. In meiner Brust begann es zu kribbeln, als er weitersprach.

»Dieser Urkundenfälscher, den sie finden soll …«

»Woher weißt du das?«

Er schaute mich aus wachen Augen an.

»Wenn sie den fängt, dann kann sie doch ihre Eltern retten. Ich meine, so ein Mädel mit ihren Kontakten. Ist doch für die Kameraden in der Burgstraße der perfekte Köderjude.«

Ich wusste nicht mehr, was ich denken sollte. Wo stand dieser Mann?

»Köderjude«, sagte Tristan mehrmals wie zu sich selbst, »hervorragendes Wort.«

»Du hast ihr gerade Angst gemacht.«

»Angst? Sie hat mir Angst gemacht. Die zieht uns beide mit runter, so schnell kannst du gar nicht gucken.«

Tristan hatte diesen geraden Blick.

»Glaubst du, mir fällt das leicht? Ich bin selbst total erschöpft. Das ist wie bei so einem Tanzbären. Dem verbrennen sie auch die Pfoten, obwohl sie es gut mit ihm meinen.«

Langsam aß ich den Teller leer, weil ich Tristan nicht verärgern wollte, und trank Bier mit ihm.

»Wie beim Tanzbären«, sagte er, und dann: »Können wir bitte von was anderem reden?«

Er sprach davon, wie er sich vor Mucks Tod fürchte und dass es schwierig sei, eine passende Frau zu finden, wenn man so groß sei wie er. Er wechselte das Thema, als wäre Stellas Leben eine Nebensache. Er sagte, er wünsche sich eine Familie und Kinder und dass er am liebsten eine Tochter hätte, wegen der schönen Kleider, die er dann kaufen könne. Ich schwieg. Später hörten wir eine seiner neuen Swingplatten, dazu tanzte er ein wenig.

»Wenn es nicht so seltsam wäre, würde ich dich auffordern«, sagte er.

»Glaubst du das wirklich?«, fragte ich.

»Was?«

»Dass die Juden uns zerhacken werden.«

Tristan wiegte sich hin und her.

»Natürlich nicht.«

Tristan bewegte seine Hand im Takt, als er weitersprach.

»Die Israeliten und wir sind anders. Das glaube ich. Die ganze Propaganda ist wichtig, damit der Pöbel das begreift. Die können auch vieles gut, die Israeliten, mit Geld zum Beispiel und tolle Pelze machen. Judenmusik hör ich ganz gern manchmal. Das Klarinetten-Glissando am Anfang der *Rhapsody in Blue*. Hervorragend. Und jetzt mal unter uns, die sephardischen Israelitenmädel finde ich ganz lieb. Aber der Israelit an sich ist halt eben eine andere Art. Die riechen ja auch ganz anders.«

»Sie riechen nicht anders.«

»Doch doch, sei ehrlich, du weißt es doch am besten, die riechen anders, jüdisch halt. So wie Kristinchen.«

Er lächelte.

»Kann man ja mögen.«

Dann wurde sein Gesicht ernst. »Glaubst du, Kristinchen kann dichthalten? Ja? Ich meine, wenn mein Dienstherr rausfindet, dass ich mir Käse aus Paris schicken lasse …«

Ich schüttelte den Kopf.

»So ist sie nicht.«

Tristan nickte. Er beugte sich nah zu mir.

»Dem Eichhorn geht es übrigens gut.«

»Was?«

»Als es wieder auf den Beinchen war, ist es einfach in die Kastanienzweige.«

»Aber du hast gesagt, Mademoiselle Lechaux hat es verbrannt.«

»Weiße Lüge, Fritz.« Er zwinkerte. »Ja? Nur eine weiße Lüge.«

Er schaute mich an.

»Fritz?«

»Ja.«

»Was machst du noch hier?«

»Ich wollte dich beim Essen nicht allein lassen.«

»Das ist kein Ort für einen wie dich.«

»Wie meinst du das?«

»Berlin. Diese irre Stadt. Dieses Deutschland. Du bist doch viel feiner gestrickt.«

Als ich zurück in mein Zimmer im Grand Hotel kam, lag Stella wach in der Dunkelheit. Bevor ich ihr von dem Gespräch mit Tristan erzählen konnte, sagte sie: »Morgen find ich Schönhaus.«

Ihre Stimme klang wie im Frühjahr, die Kraft war wieder da. Für einen Moment stockte mir der Atem.

»Das kannst du nicht.«

»Ich muss.«

»Aber das darfst du nicht.«

Ich sah, wie sie sich auf der Matratze drehte, von mir abwandte und aus dem Fenster schaute.

»Ich weiß«, sagte sie.

*

36. und 37. Fall: 2 unbekannte Personen
                     Zeugin: Hedwig Holzamer

Die Zeugin und ihr Ehemann beobachteten auf dem Kurfürstendamm, wie die Angeschuldigte zwei Männer aus dem Café Kranzler hinausgeleitete, während sie freundschaftlich mit ihnen sprach. Auf der Straße befand sich der jüdische Spitzel Goldstein und der SS-Führer Schwöbel, der Zivil trug. Nachdem Schwöbel seine Dienstmarke vorgezeigt hatte, forderte er die beiden Personen zum Einsteigen in seinen Wagen auf. Die Angeschuldigte ging alsdann.

Bl. I/113R, 195

JUNI 1942 Über 1000 Bomber der britischen Luftwaffe bombardieren 75 Minuten lang Bremen. Die letzten jüdischen Schulen im Deutschen Reich werden geschlossen. Paul McCartney wird geboren. Bis auf wenige Ausnahmen dürfen Halbjuden kein Hochschulstudium mehr aufnehmen. Sechstes Gebot der zehn Gebote für jeden Nationalsozialisten des Dr. Joseph Goebbels: »Wer Deutschland schmäht, schmäht Dich und Deine Toten; schlag mit der Faust darein.« Der US-amerikanische Kongress beschließt, 42 Milliarden Dollar für Rüstung auszugeben. Das Reichsministerium für Volksgesundheit preist ein Getränk mit dem Namen »Biomalz« der Firma Patermann als wichtig für die »Entwicklung einer starken Jugend beim Marsch in die Zukunft«. Kochplatten, die sich im Besitz von jüdischen Deutschen befinden, werden beschlagnahmt. In Berliner Schaufenstern hängen Plakate, auf denen steht: »Achtung! Spione! Vorsicht bei Gesprächen!« In München gründen Hans Scholl und Alexander Schmorell eine Widerstandsgruppe und nennen sie »Weiße Rose«. Reinhard Heydrich stirbt an einer Bauchfellentzündung, die vermutlich durch Sitzpolsterteile seines Wagens ausgelöst wurde, die nach der Explosion in seine Bauchhöhle eingedrungen waren. Als Vergeltung für das Attentat auf ihn töten deutsche Polizisten die männlichen Einwohner des Dorfes Lidice, verschleppen Frauen und Kinder in Konzentrationslager und planieren den Ort. Die Attentäter hatten keine Verbindung nach Lidice.

*

Vor ein paar Wochen hatten wir gemeinsam Musik gehört und auf Schwanenwerder gelacht. Jetzt war es still.

Sie schützte ihre Familie. Konnte das falsch sein?

Ich war ein junger Mann mit Geld und einem Schweizer Pass, der gedacht hatte, in diesem Krieg leben zu können, ohne etwas mit ihm zu tun zu haben. Ich war als Urlauber gekommen. Ich war dumm gewesen. Ich schwieg, weil alles, was mir einfiel, falsch erschien. Ich erzählte Stella nicht von Tristan, weil ich nicht verstand, was er vorhatte.

Sie legte sich im Bett mit dem Rücken zu mir. Ihre Haut war heiß, als fieberte sie. Stella nahm meine Arme und drückte sie an ihren Bauch.

»Ick kann jetzt nicht lieb sein.«

Ich küsste ihren Nacken.

»Hältst du mich die Nacht?«, fragte sie.

Lange lagen wir so wach. Ich dachte an daheim und an das Sonnenblumenfeld meiner Kindheit, vielleicht war es ein Traum, es machte keinen Unterschied.

Später zitterte Stella in meinem Arm. Die Vorhänge in unserem Hotel blieben offen. Die Sonne fiel früh durch die Fenster.

»Schläfst du?«, fragte Stella.

»Ja«, sagte ich.

Ich ließ ihr warmes Wasser in die Badewanne laufen, und als sie im Wasser saß, wusch ich mit einem Lappen ihre Achseln und ihren Rücken, und ich wusch sie vorsichtig zwischen den Beinen. Sie schaute mir dabei zu. Ich half ihr beim Ankleiden. Sie nahm eins der Pralinés aus ihrer Handtasche und aß es. Ich half ihr, in ihr Kostüm zu steigen. Sie setzte sich ihren kleinen Jägerhut auf.

»Wohin gehen wir?«, fragte ich.

»Das ist nichts für dich«, sagte sie.

Ich küsste ihre Lider.

»Ich bin jetzt dein Mann.«

Ich spürte mein Herz, als ich das sagte. Ich weiß nicht, ob ich es für sie oder für mich sagte. Zum ersten Mal, seit sie in der Burgstraße gewesen war, sah ich sie lächeln.

»Mein Mann«, sagte sie und legte ihre Stirn gegen mein Kinn.

»Was machen wir jetzt?«, fragte ich.

Stella machte einen Schritt weg und schaute mich aus kurzer Entfernung an. Ich wusste nicht, wie sie das für sich nannte, aber ich wusste, was wir taten. In diesem Moment erkannte ich es.

»Was machen wir jetzt?«

Jagen.

Wir ließen uns ein Taxi kommen. Als wir einstiegen, sagte Stella: »Ins Krankenhaus in der Iranischen Straße bitte«, dann fuhren wir durch Berlin und schauten den Menschen zu, die zur Arbeit gingen, Einkäufe erledigten, auf Bänken saßen und Zeitung lasen. Die Menschen taten Dinge, die Menschen tun an einem Mittwochmorgen. Es sah richtig aus.

Ich fragte mich, was mit dem Urkundenfälscher geschehen

würde, falls er in der Burgstraße inhaftiert werden sollte.

Ich beugte mich nah an Stellas Ohr. »Gibt es keinen anderen Weg?« Sie schaute aus dem Fenster.

Das Krankenhaus sah groß und verwinkelt aus. Seit Stella in mein Leben gekommen war, hatte sie entschieden, wohin wir gingen, was wir aßen, wie wir wohnten. Ich hatte das gemocht. Sie war eine starke Frau, ich war schwach. An diesem Tag ertrug ich es nicht mehr.

Bevor sie das Krankenhaus betrat, griff ich nach ihrer Hand.

»Was machen wir hier?«

Ein Mann trat aus der Tür. Stella und ich schwiegen. Sie zog mich in den Innenhof. Sie sprach schnell.

»Du kannst als Berliner Jude nur abhauen, wenn du Kohle hast oder eine falsche Kennkarte.«

Ein Mann mit einem Blumenstrauß in der Hand ging vorbei.

»Umarm mich«, sagte Stella.

Ich umarmte sie. Sie flüsterte in mein Ohr.

»Hier im Krankenhaus gibts einen Internisten, der ist Vierteljude. Der darf weiterarbeiten. Jeder Jude in Berlin weiß, dass er für 600 Reichsmark einen SD-Ausweis besorgt.«

»Schönhaus.«

»Er wird uns zu ihm führen.«

Wir hielten uns.

»Schön, wie du mich so festhältst«, sagte sie.

Mir war übel. Ich versuchte, das damit zu erklären, dass ich nicht gefrühstückt hatte, aber ich wusste, es stimmte nicht.

»Ich kann das nicht.«

»Man kann so vieles, wenn man will.«

»Ich schaff es nicht.«

»Ich weiß.«

Sie legte ihre Wange an meine.

»Warte im Hotel.«

»Stella …«

»Nenn mich Kristin.«

Ihre Lippen waren kalt. Ich bewegte mich nicht, als sie die Schultern straffte, kurz den Mund verzog und ein Lächeln versuchte. Ich sah, wie schwer ihr das fiel. Mit gehobenem Kopf ging sie den Weg zum Eingang des Krankenhauses und verschwand darin. Vor dem Krankenhaus blühten Magnolien, obwohl es dafür schon zu spät war.

Ich lief ziellos durch die Straßen, es war ein schwüler Morgen, der Asphalt dampfte. Die Gehwege klebten vom Harz der Lindenpollen.

Ich übergab mich in einer Auffahrt aufs Kopfsteinpflaster und spuckte weißen Schaum. Ein hübscher junger Mann in einer Uniform der Hitlerjugend ging hinter mir über den Gehweg. Als er mich sah, wie ich mich an der Wand abstützte, kam er zu mir geeilt, legte mir eine Hand auf die Schulter und fragte, ob er mir helfen könne.

In Gedanken versunken ging ich durch Berlin, bis ich an die Spree kam. Ich fragte eine Frau, die Holz sammelte, in welcher Richtung der Reichstag liege, und ging den Weg bis zum Grand Hotel. Irgendwann griff ich in die Taschen meines Sakkos und spürte an den Fingern Papier. Es war einer von Stellas handgeschriebenen Zetteln. »*Danke, daß du mein Zuhause bist.*«

Es dämmerte, als ich im Hotel ankam. Im Fahrstuhl traf ich den einarmigen Fahrstuhlführer.

»Heil Hitler, der Herr«, sagte er.

»Guten Abend, darf ich Sie etwas fragen?«

»Natürlich, der Herr.«

»Wie haben Sie Ihren Arm verloren?«

Der Mann nahm Haltung an, sein Hals wurde länger.

»Granatbeschuss, Polen, Fallschirmjägerregiment 2, der Herr, wir haben den Pollacken überrollt, eine Granate kam durch.«

»Das tut mir leid.«

»Wo gehobelt wird …«

Ich schwieg.

Bevor ich aus dem Fahrstuhl stieg, sagte er:

»Eins noch, wenn Sie erlauben, der Herr.«

»Ja.«

»Verloren ist das falsche Wort. Der Arm wurde mir genommen.«

Stella kam morgens, ich bemerkte sie erst, als sie sich neben mich legte und meinen Arm über sich zog.

»Und?«, fragte ich.

Nur ein Wort, aber der Tod verbarg sich darin.

»Ich muss das alleine machen, lieber Fritz. Bitte frag mich nicht mehr.«

Wenn sie dachte, sie würde mir wehtun, nannte sie mich

»lieber Fritz«. Ich legte mein Gesicht an ihren Kopf. Sie strich mir über die Wange. Ich wollte nicht lügen und schwieg lange.

»Stella?«, fragte ich irgendwann.

»Mmh.«

»Dein Name?«

»Was ist damit?«

»Bist du nach dem Nordstern benannt?«

Sie zögerte, als dächte sie nach.

»Nein«, sagte sie.

Ich schlief an ihrem Rücken ein.

Als die Sonne aufging, weckte sie mich, indem sie nach mir griff. Sie saß auf mir, bevor ich ganz wach war. Sie atmete laut durch den Mund, ihre Tränen fielen auf meine Brust. Nach ein paar Minuten fing sie an zu schluchzen.

»Verlass mich nicht«, sagte sie in mein Ohr.

Ich schüttelte den Kopf und küsste ihre Tränen.

»Ich verspreche es.«

»Verlass mich nicht.«

Ich schaute ihr in die Augen.

»Ich werde dich niemals verlassen«, sagte ich, »ich schwöre es.«

Als die Sonne aufgegangen war, ging Stella ins Bad, um sich zu waschen. Ich wollte ihr helfen, aber sie sagte, sie mache das allein.

Im Zimmer zog ich die Laken ab. In meinem Kopf fasste

ich die ersten Gedanken für meinen Plan. Ihr Blut war in die Matratze gesickert.

*

65. Fall: *Ziegler*

        Zeugin: Erna Ehlen

Die Zeugin Erna Ehlen traf sich mit ihrer ebenfalls illegal lebenden Nichte Edith Ziegler am U-Bahnhof Uhlandstraße. Die Angeschuldigte trat plötzlich auf beide zu und forderte Edith Ziegler auf, ihr zu folgen, mit den Worten: »Komm schnell mit, du mußt ins Lager, sonst hole ich die Gestapo.« Erst als Edith Ziegler beim Weggehen rief: »Das ist die Stella«, wußte die Zeugin Ehlen Bescheid. Diese bekundet, daß Edith Ziegler in das Lager Große Hamburger Straße transportiert und später in Auschwitz umgebracht worden ist.

Bl. 1/162–163
Bl. 1/16, 38, 182–184

*

JULI 1942 Deutsche ermorden rund 10 000 Bewohner des Ghettos von Slonim in Weißrussland. Auf Anordnung des Reichserziehungsministers dürfen Halbjuden nicht mehr in Hauptschulen, Mittelschulen und höhere Schulen aufgenommen werden; die Aufnahme von Vierteljuden bleibt zulässig. In München öffnet die 6. Große Deutsche Kunstausstellung mit Werken von 680 Künstlern. Der FC Schalke 04 gewinnt zwei zu null gegen Vienna Wien und wird zum sechsten Mal Deutscher Fußballmeister. Der S. Fischer Verlag kündigt an, sämtliche Werke von Gerhart Hauptmann zu drucken; Anlass ist Hauptmanns achtzigster Geburtstag. 44 Lancaster-Bomber der Royal Air Force bombardieren Danzig; 90 Menschen sterben. Siebtes Gebot der zehn Gebote für jeden Nationalsozialisten des Dr. Joseph Goebbels: »Auf einen Schelmen setze anderthalben. Wenn man Dir Dein gutes Recht versagt, denke daran, daß Du es nur durch Deine Bewegung erkämpfen kannst.« Adolf Hitler verlegt sein Hauptquartier für einige Monate von Ostpreußen in die Ukraine; das kurz zuvor neu errichtete Quartier erhält den Namen »Werwolf«. Der diplomierte Landwirt Heinrich Himmler teilt seinen Kollegen mit, dass ihnen für Versuche an Menschen und Tieren die Bewohner des Lagers in Auschwitz zur Verfügung stehen. In einem Teil dieser Versuche soll der Röntgenspezialist Professor Doktor Hohlfelder prüfen, inwieweit bei niederrassigen und verblödeten Männern eine Sterilisation durch Röntgenbestrahlung erreicht werden kann.

*

Wir tranken zu viel zu früh. Wir tanzten ohne Freude im Gelben Salon. Ich dachte an Stellas Eltern. Oft bügelte sie meine Hemden und widmete den Schulteransätzen viel Aufmerksamkeit.

Ich schenkte ihr Vaters Schatulle mit den Rosenmotiven. Vorher strich ich drei Mal gegen den Uhrzeigersinn über den Rand.

Wir gingen im Sonnenuntergang am Spreeufer. Wir redeten weniger als vorher, mein Lachen war halb wahr. Sie aß mehr Pralinés.

In einer Apotheke erkundigte ich mich, was das sei, Pervitin. Es kostete zwei Reichsmark für eine Schachtel mit zehn Stücken. Die Apothekerin war eine junge Frau, die eine kreisrunde Brille trug und die Haare zu einem Pferdeschwanz gebunden.

»Darf ich Sie etwas dazu fragen?«, sagte ich und zeigte auf die Schachteln im Regal.

»Dafür stehe ich hier.«

»Wie genau wirkt das?«

»Unterdrückt Müdigkeit, Hunger und Schmerz. Und verleiht einem das Gefühl, man wäre stark wie ein Stier.«

»Und ist es gefährlich?«

»Definieren Sie gefährlich.«

»Macht es süchtig?«

»Ja.«

»Verändert es dich?«

»Mich?«

»Verändert es den Menschen, der es nimmt?«

»Die Wehrmacht hat gerade eine Million Rationen bei Temmler bestellt, dann kann es nicht so schlimm sein. Wie viel wollen Sie?«

Ich kaufte fünf Packungen und band eine Schleife darum, die ich in einem Blumenladen fand. Als ich sie Stella gab, strich sie mir mit der Handfläche von der Stirn über die geschlossenen Lider bis zum Kinn.

In diesen Tagen sagte Stella oft, sie brauche Zeit für sich. »Mich wiederfinden«, nannte sie das. Sie verschwand in der Stadt und kehrte abends zurück ins Hotel.

»Was hast du gemacht?«, fragte ich.

»Nichts Besonderes.«

»Vertraust du mir?«, fragte sie.

Ich nickte.

Sie ging allein ins Theater und in die Deutsche Oper und schaute die *Zauberflöte*. Das Geld gab ich ihr. Sie summte die Melodie des Vogelfängers. Einmal sagte sie, dass sie es schön finde, wie Papageno und Papagena sich gefunden hätten, zwei Monster, die sich erkannten.

Ich versuchte, mir einzureden, dass es gut war, wenn sie ihre Freiheit lebte. Manchmal fuhr ich mit der Ringbahn stundenlang durch Berlin und wartete, dass die Zeit verging. Ich saß die Abende am Fenster, schaute auf die Straße und dachte an Cioma Schönhaus. Sie hatte gesagt, sie müsse das allein machen, aber das stimmte nicht.

*

28. und 29. Fall: Abraham und Moritz Zajdman
                    Zeugen: 1. Abraham Zajdman
                            2. Moritz Zajdman

Die illegal lebenden Eheleute Zajdman waren mit ihrem Sohn und ihrer Tochter in der Staatsoper Unter den Linden, wo sie während der Vorstellung getrennt saßen. Nach der Aufführung wurde der Sohn Moritz von der Angeschuldigten mit den Worten »Sie sind Herr Zajdman« am Mantelgürtel ergriffen. Er riß sich los, versetzte der Angeschuldigten eine Ohrfeige und lief davon. Die Angeschuldigte rief hinterher: »Festhalten! Jude!« Passanten verfolgten ihn und zerrten ihn an den Haaren zum Operngebäude zurück, wo die Angeschuldigte mit Rolf Isaaksohn und einem Polizeibeamten stand. Der Vater Abraham Zajdman, der mit seiner Frau bereits aus der Oper geflohen war, kehrte infolge des Menschenauflaufs zurück und schlug den Rolf Isaaksohn mit den Worten »Wir sind keine Verbrecher, wir sind Juden« ins Gesicht. Abraham und Moritz Zajdman wurden in das Lager Große Hamburger Straße eingeliefert. Bei der Vernehmung durch den Lagerleiter Dobbercke, der sich nach dem Verbleib der Ehefrau Zajdman erkundigte, wurde die Angeschuldigte den Zeugen gegenübergestellt. Sie sagte dabei zu Abraham Zajdman: »Ihre Frau habe ich auch gesehen, die muss hier sein.« Abraham und Moritz Zajdman gelang nach zwei Wochen die Flucht.

*

An der Bar sprach ein Gast davon, dass die Royal Air Force Berlin in Asche legen würde. Im Foyer und auf den Fluren stand das Gepäck von Hotelgästen, die das Land verlassen wollten.

Ein Abend im Juli war heiß und nass, wir konnten nicht schlafen.

»Komm wir gehen ein bisschen raus«, sagte Stella.

Wir nahmen unsere Staubmäntel und verließen das Hotel.

Aus einer Kneipe an der Torstraße hörten wir Gesang. Eine Gruppe Soldaten in dunklen Uniformen war dort eingekehrt und trank. Stella hielt mich an der Hand.

»Lass uns da rein«, sagte sie.

Ich blieb stehen.

»Ich will singen«, sagte sie.

Innen waren die Scheiben feucht vom Menschendampf. In der ganzen Stadt war es finster, der Strom war abgestellt worden. Öllampen erhellten die Kneipe, vor den Fenstern standen Pappen, damit kein Licht nach draußen drang. Ein paar Soldaten hatten ihre Jacken ausgezogen und lehnten in Unterhemden am Tresen. Sie sahen aus, als wären sie früher am Abend alle gemeinsam zum Friseur gegangen. Jeder hatte seine Blutgruppe auf den inneren, linken Oberarm tätowiert. Es waren viele junge Frauen in der Kneipe, die dunklen Wermut aus Wassergläsern tranken. Hinterm Tresen bedienten Mädel mit geflochtenen Zöpfen.

Stella fragte ein Mädchen, wer die Männer waren, und es sagte mit glänzenden Wangen, das sei die SS-Panzergrenadierdivision Wiking, morgen früh führen sie an die Front.

Die Luft roch nach saurem Schweiß und dem Kriegsparfüm der Mädchen, nach falschem Jasmin.

Stella ging an den Tresen, sie bestellte zwei Berliner Kindl. Wir standen dicht gedrängt und tranken stumm. Das Bier schmeckte nach Spülmittel. Es war Kriegsbier mit geringer Stammwürze.

»Komm, jetzt sei mal nicht so langweilig hier«, sagte Stella. Ab und zu stimmte einer der Männer ein Lied an. An den Anblick von Soldaten hatte ich mich fast gewöhnt, aber diese waren anders, sie tranken mehr, sie redeten lauter und alle waren größer als ich. Ihre Uniformen waren dunkel. Stella sang die Lieder mit. Es war laut in der Kneipe.

»Jeder Schuss ein Russ, und dann wird der Itzig aufgerieben«, sagte ein Soldat mit tiefer, satter Stimme. Er sah gut und sanft aus, wie die Senner vom Mont Blanc. Unter das rechte Schlüsselbein hatte er ein paar griechische Buchstaben tätowiert. Mein Altgriechisch war schlecht, aber das konnte ich lesen, weil ich die Geschichte dazu kannte.

»Molon labe«, stand dort.

Stella lachte und hob ihr Glas, als das Wort »Itzig« fiel. Einer der Männer brüllte »Sieg« und reckte seinen Arm nach oben. Stella rief auch »Sieg«.

Der tätowierte Soldat bestellte zwei Gläser Kornbrand an der Bar und stieß mit Stella an. Er sagte ihr etwas ins Ohr, das ich nicht verstehen konnte, sie lachte, er bestellte mehr Korn. Mir gab er kein Glas.

Stella drehte sich mit dem Rücken zu mir, der Tätowierte schaute mich über ihre Schulter an.

Neben mir stand ein schmaler Mann, den ich erst übersehen hatte. In der Hand hielt er ein Glas Mineralwasser mit Kohlensäure. Er war höchstens zwanzig Jahre alt, trug keine Uniform, sondern ein raues Hemd aus Leinen und hatte einen akkurat gelegten Seitenscheitel, den er mit Pomade fixiert hatte. Er stieß mir sanft den Ellenbogen in die Rippen und beugte sich nah zu mir: »Dein Mädchen?«

Ich nickte.

»Der Kerl?«

»Ich … der ist doch Soldat«, sagte ich.

Der junge Mann neben mir lächelte.

»Darf ich das für dich klären?«

Der Mann war klein und blass. Er hob die Linke mit dem Wasserglas auf Höhe des Jochbeins.

»Berliner Meister im Weltergewicht.«

Der Tätowierte kam Stella näher.

»Boxer?«, fragte ich.

»Ehemaliger. Keine offiziellen Kämpfe mehr.«

»Warum nicht?«

»Darf nicht.«

Ich sah den Schmerz in seinem Gesicht.

»Ich bin Fritz«, sagte ich und griff nach seiner Hand.

»Noah«, sagte er, so dass jeder es hören konnte.

Ich erschrak. Der Tätowierte hatte eine Hand auf Stellas unteren Rücken gelegt. Mir war heiß, mein Magen fühlte sich an wie verdorben.

»Sag diesen Namen lieber nicht so laut.«

»Warum nicht?«

Die Decke der Kneipe war mit Holz verkleidet, in den Ecken blühte Schimmel.

»Ich könnte einer von denen sein«, sagte ich.

»Bist du aber nicht.«

Für einen Moment streiften seine Lippen mein Ohrläppchen, so nah kam er: »Willst du mal einen Untermenschen boxen sehen?«

Er gab mir sein Glas mit dem Mineralwasser.

Er ließ sich Zeit damit, die Ärmel seines Hemds nach oben bis über die Ellenbogen zu falten. Umsichtig legte er Stoff auf Stoff. Ich sah dunkle, geschwollene Adern durch die Haut seiner Unterarme. Er öffnete seinen Gürtel und zog ihn ein Loch enger, dann knackte er mit dem Nacken, nach rechts, nach links. Er änderte seine Fußstellung, schob den linken Fuß nach vorn und verlagerte sein Gewicht auf die Ballen. So ging er auf den Tätowierten zu. Die Daumen steckten in seinem Hosenbund.

Er sagte kein Wort. Als er nah genug war, den Mann anzufassen, der nun beide Hände auf Stellas Po gelegt hatte, hielt er inne, hob seine Hände offen neben den Kopf, als wollte er seine Haare richten, verlagerte sein Gewicht nach hinten und schleuderte ohne Warnung seine rechte Faust an Stellas Kopf vorbei in das Gesicht des Tätowierten. Es klang, als hätte jemand einen schweren Stein in nasses Gras fallen lassen.

Der Soldat ließ Stella los, fiel nach hinten und schlug mit dem Kopf auf den Boden. Er blieb dort liegen.

Sofort drehte sich ein halbes Dutzend Soldaten in Noahs

Richtung, er war schon auf dem Weg zur Tür. Er rannte nicht, er ging schnell, aber ohne Hast. Ein Landser stellte sich ihm in den Weg, Noah ging auf ihn zu, und als der Mann nach ihm schlug, machte er eine kaum sichtbare Bewegung mit dem Oberkörper, dass die Faust seine Haare streifte. Er ging weiter.

Als Noah die Tür zur Straße erreichte, drehte er sich um und schaute in meine Richtung. Wir sahen uns in die Augen. Ich würde mich immer daran erinnern. Heute denke ich noch manchmal daran, wenn ich Kraft brauche. Dann denke ich an Noah und seine grauen Augen. Sein Scheitel saß gut.

Als einer der Soldaten auf ihn zusprang, schlug Noah ihn mit einem ansatzlosen linken Haken zu Boden. Der Soldat sackte auf die Knie vor ihm und verharrte so.

Noah ging grußlos. Soldaten rannten ihm hinterher. Ich wusste, er würde es schaffen.

Stella griff nach meiner Hand.

»Wer war das?«

»Wieso hast du dich so anfassen lassen?«

»Hast du ihn geschickt, um mich zu befreien?«

»Du bist meine Frau, Stella, niemand außer mir darf dich anfassen.«

Sie legte beide Hände in meinen Nacken. Sie war betrunken.

»Wieso hast du das gemacht?«, fragte ich.

»Wieso? Wieso? Darf ich nicht mal ein bisschen das Leben genießen? Wer war das?«

»Das war Noah.«

Ich zog Stella an der Hand aus der Kneipe. Ich fühlte mich wie ein Sieger, obwohl ich nichts gewonnen hatte.

Als wir über das Pflaster der Torstraße heimliefen, sagte Stella, ohne mich anzusehen: »Noah?«

»Ja.«

»Ein Jude?«, fragte sie.

»Ein Freund«, sagte ich.

*

24. Fall: Samuel
             Zeugin: Fanny Samuel

Im Jahre 1942 befand sich die Zeugin Fanny Samuel in der Kartenstelle für Juden in der Pfalzburger Straße. Die dort anwesende Angeschuldigte nahm ihr die Haushaltskarte aus der Hand und forderte sie zum Verbleiben auf, indem sie die Tür abschloß. Die Angeschuldigte zeigte der Zeugin auf deren Fragen einen Ausweis, auf dem stand: »Frau Goldschlag ist berechtigt, Maßnahmen in Judenangelegenheiten vorzunehmen. Die Behörden werden gebeten, sie zu unterstützen!« Die Rückseite des Ausweises war mit Lichtbild und Dienstsiegel versehen. Die Zeugin Samuel wurde durch Vermittlung des Kartenstellenleiters wieder freigelassen, da sie »Arierin« war. Drei oder vier andere jüdische Frauen, die sich bereits in der Kartenstelle aufhielten, wurden abtransportiert.

Bl. 1/II/20

*

Stella schlug mir mit der flachen Hand ins Gesicht, als ich ihr von meinem Plan erzählte. Sie schlug härter, als ich es erwartet hätte.

»Mach dich nie wieder lustig über mich«, sagte sie.

Ich saugte Blut aus der Innenseite meiner Lippe und wartete mit gesenktem Kopf auf den nächsten Schlag.

»Menschenskind«, sagte sie und ging im Zimmer auf und ab.

Nach einiger Zeit blieb sie stehen und legte ihre Hand an meine Wange. Ich zuckte, als sie nach mir griff.

»Ganz rot«, sagte sie.

»Macht nichts.«

»Hab ich dir wehgetan?«

Ich küsste ihre Stirn.

»Vielleicht müssen wir es versuchen«, sagte sie. »Aber Dobberke, dem Lagerleiter, dem bist du nicht gewachsen, Fritz.«

Vater sprach mit einem befreundeten Industriellen aus Franken. Ein Eilbote brachte ein Kuvert mit einem Brief, in dem stand, dass Toni und Gerhard Goldschlag in einer Weberei in Weißenburg gebraucht würden, wegen ihrer Fähigkeiten als Maßschneider. Das Schreiben war so formuliert, dass es klang, als stünde die Arbeit der Goldschlags in Weißenburg in direktem Zusammenhang mit dem Endsieg. Im Kuvert lag auch ein kurzer Brief mit dem Hakenkreuz im Briefkopf, unterschrieben durch den Gauleiter Mittelfrankens.

Ich fror und schwitzte, als ich im Taxi in die Große Hamburger Straße fuhr. Ich strich über die Narbe auf meiner Wange. Der Fahrtwind aus dem offenen Fenster blies durch mein Haar.

Die Große Hamburger Straße war eher eine Gasse, so schmal, dass sie nur von einer Seite aus befahrbar war.

Stella hatte mir gesagt, dass das Lager sich neben einem Schuster in einem hellen, massiven Bau befinde, der früher das jüdische Altersheim gewesen sei. Im Keller lägen nun Verliese, in denen es so kalt würde, dass die Gefangenen in manchen Nächten aneinandergekettet bis zum Morgengrauen im Kreis liefen, um nicht zu erfrieren.

Neben dem Eingang parkte ein Möbelwagen, auf dem »Feinstein und Söhne« stand.

Ein Wachmann verlangte meine Papiere und salutierte, als ich ihm meinen Schweizer Pass reichte. Das kam häufiger vor. Viele Deutsche wussten nicht genau, wo sie mich einordnen sollten, und da es in diesen Tagen ein Leben kosten konnte, den falschen Mann zu verärgern, schützten sich Uniformierte oft durch Untertänigkeit. Der Wachmann führte mich einen langen Gang entlang zu Dobberke.

Er saß an einem Tisch in seinem Büro, ein auffallend muskulöser Mann, der die Seiten seines Schädels rasiert und die Haare auf der Schädelplatte in der Mitte gescheitelt hatte. Seine Grübchen zeigten, dass er gern lachte, seine Augenringe und die dünne Haut, dass er viel trank und wenig schlief. Die Poren auf seinen Wangen erinnerten mich an Mutter.

Dobberke trug ein Hemd, das ihm am Kragen zu eng war. Sein rechtes Ohr war größer als sein linkes. Seine Iris war so hell, wie ich es selten gesehen hatte.

Vor Dobberke auf dem Tisch standen eine Milchflasche mit einer klaren Flüssigkeit und zwei Gläser. Ihm gegenüber saß eine junge Frau in einem Schwesternkittel, sie lächelte, als ich eintrat. Sie trug ein gestärktes Häubchen auf dem Kopf. Der Raum roch nach Waffenöl und Kassler. Ich hielt die Hände hinter dem Rücken verschränkt, damit niemand sah, wie ich zitterte.

»Ah, wunderbar, wie bestellt«, sagte Dobberke.

Er zog einen Stapel Spielkarten aus der Brusttasche seiner Drillichjacke und ließ sie auf den Tisch klatschen. Auf die Rückseite der Karten waren kleine Eulen gedruckt.

»Uns fehlt ein dritter Mann.«

Ich stand, so gerade ich konnte.

»Ich komme, um mit Ihnen über die Gefangenen Goldschlag zu sprechen. Ich habe hier einen Brief …«

»Rand halten, Kamerad. Jetzt picheln wir erstmal einen und dann spielen wir ein Ründchen.«

Dobberke lallte ein wenig, er nickte der Krankenschwester zu.

»Glas«, sagte er.

Sie stand auf, ging zu einem Schrank und nahm ein Glas heraus. Auf der Ablage über den Gläsern lag ein Ochsenziemer, gerade ausgerichtet zur Linie der Schranktür.

Als die Frau das Glas auf den Tisch stellte, griff Dobberke

ihr von hinten an die Kniekehle und ließ seine Hand dort für einen Moment ruhen.

»Elli hier mischt den besten Schwarzgebrannten in ganz Berlin. Sag ihm dein Geheimnis, Mulla.«

Die Frau lächelte weiter, sie ignorierte die Hand.

»Ich nehm den Hundertprozentigen aus dem OP und dann viel Zucker«, sagte sie und kicherte.

Ich setzte mich. Dobberke zog ein Stück in Stoff gewickelten Speck aus der Jackentasche und schnitt dicke Scheiben ab.

»Vorkriegsqualität«, sagte er.

»Schön«, sagte ich.

Dobberke schob mir die Karten hin.

»Wir spielen Skat ohne Spitze. Bei gespaltenem Arsch drei Bock, drei Ramsch. Jungfrau verdoppelt. Kapito?«

Ich hatte nie Skat gespielt.

»In der Schweiz spielen wir Jass«, sagte ich.

Dobberke schwieg. Er schloss kurz die Augen, als hörte er eine leise Stimme, die zu ihm sprach. Die Krankenschwester rutschte auf dem Stuhl hin und her. Sie sah mich an. Vielleicht war ihr Blick eine Warnung, es könnte auch Verachtung gewesen sein. Dobberke öffnete die Augen.

»Ka-pi-to?«, fragte er noch einmal, er betonte jede Silbe einzeln.

Ich mischte.

Ich hatte einmal in einem Wirtshaus in Vorarlberg bei einer Übernachtung nach einem Besuch in Wien ein Spiel mit dem Namen Steigerer gespielt, damals hatte man mir gesagt, das sei so ähnlich wie das Spiel der Deutschen. Ich mischte immer noch. Ich wusste nicht, wie ich die Karten austeilen sollte.

»Hat sich schon mal einer totgemischt. Glaube, das war in Övelgönne«, sagte Dobberke. Dann hieb er mit der flachen Hand auf den Tisch und lachte. Die Krankenschwester lachte nicht. Dobberke schien das nicht zu stören.

Ich gab jedem drei Karten. Dobberke nahm sie auf und pfiff durch die Zähne. Ich sah, wie die Krankenschwester mit zwei Fingern einmal kurz an die Tischkante tippte. Ich legte zwei Karten auf den Tisch. Dann verteilte ich den Rest. Dobberke pfiff wieder. »Achtzehn«, sagte er. »Acht! Zehn!« Bei ihm schien jede Silbe ein Ausrufezeichen zu haben.

»Weg«, sagte die Krankenschwester.

Beide schauten mich an. Die Krankenschwester nickte kaum merklich nach rechts.

»Weg«, sagte ich.

Dobberke lächelte. Er machte den Mund weit auf dabei.

»Grand Hand«, rief Dobberke. Dann drückte er seinen linken Zeigefinger in die rechte Brust der Krankenschwester, beugte seinen Kopf vor und sagte: »Beim Grand spielst Du Äsße, sonst hältst Du die Fresse.«

»Jawohl, Herr Hauptscharführer«, sagte die Krankenschwester. Dann spielte sie eine Herz-Dame. Ich spielte ebenfalls Herz. Dobberke gewann. Aus dem Augenwinkel schaute ich die Krankenschwester an, wie sie mit großen Schlucken trank. Die Flüssigkeit schmeckte süß wie Sirup, entfernt nach Quitten und brannte im Hals.

»Auf die deutsche U-Boot-Flotte«, sagte Dobberke und hob sein Glas.

Wir stießen im Stehen an, setzten uns und spielten weiter. Es war ein stilles Spiel. Eine Zeit lang waren die einzigen Geräusche im Raum das Blättern der Karten, das Glucksen aus Dobberkes Magen und das Knallen der Gläser auf der hölzernen Tischplatte. Wenn Dobberke sein Messer durch den Speck zog, geschah das lautlos. Er leckte an der Klinge.

Es klopfte. Der Wachmann zog die Tür auf.

»Wir haben Kaltwitz.«

Dobberke lächelte und zog die Luft durch die Zähne ein.

»Rambazamba«, sagte er, trank sein Glas aus und verließ mit dem Wachmann das Zimmer.

Die Krankenschwester und ich schauten uns über die Tischplatte an.

»Was bedeutet Rambazamba?«, fragte ich.

Sie atmete ruhig. »Was bedeutet …? Das bedeutet, dass einem Mann jetzt die Beißer ausgeschlagen werden. Meistens braucht er dafür nur einen Schlag.«

Ich konnte ihr Gesicht nicht lesen.

»Sind Sie ein Liebespaar?«, fragte ich.

Sie atmete einmal und lächelte ihr makelloses Lächeln. Ich meinte, den Puder auf ihrer Haut zu riechen. Sie trank einen kleinen Schluck. Sie antwortete nicht. Ich schaute ihr beim Denken zu. Als ich mir nachschenkte, sagte sie: »Sie sind ein grauenhafter Schauspieler. Essen Sie was vom Speck, sonst sind Sie gleich auch noch besoffen.«

»Wieso Schauspieler?«

»Wieso Schauspieler. Ihre Lippe zittert die ganze Zeit.«

Ich biss mir auf die Lippe. Sie schob mir das Brett hin. Ich schob ihr das Brett zurück.

»Danke für die Hilfe mit den Karten.«

»Ich hab niemandem geholfen.«

Sie betrachtete das Brett und sagte: »Und ich esse kein Schwein.«

Dobberke kam zurück, er trug seine Drillichjacke über dem Arm und hatte die Ärmel seines Hemds hochgerafft. Schweißtropfen hingen an seinen Schläfen. An seinem Hals pochte eine Ader. Seine rechte Hand steckte in einem Handschuh aus Leder.

»Irgendwie mag ich die Juden ja auch«, sagte er. Er küsste die Krankenschwester auf den Hals und nickte mir zu. Er trank und hob sein Glas zum Anstoßen: »Juda verrecke.«

»Prosit.«

Er schaute mich an.

»Was will diese Arschfresse eigentlich hier?«

Ich zog den Brief aus der Tasche meines Mantels, der über der Stuhllehne hing.

»Ich bin nur der Bote«, sagte ich und schob den Brief zu Dobberke. Er las.

So fühlt sich das an. Lügen.

»Vergessen Sie es, Kamerad«, sagte Dobberke, bevor er zu Ende gelesen hatte.

»Einen Moment bitte«, sagte ich, »mein Auftraggeber bittet mich, Ihnen mitzuteilen, dass er Ihren Dienst am Vaterland gern mit Naturalien unterstützen möchte.«

»Jetzt hör auf, wie so ein studiertes Arschloch daherzureden. Was heißt das?«

»Als Entschädigung für die Unannehmlichkeiten möchte mein Auftraggeber Ihre Arbeit mit fünf Litern Rum und sechs Pfund Speck unterstützen. Fränkischer Speck. Wammerl.«

Ich schwitzte, dass man die Schweißflecken durch die Jacke meines Sakkos sehen konnte.

»Wie heißt das Zeug?«, fragte Dobberke.

»Wammerl, kalt geräuchert.«

Ich weiß nicht, wie ich in dem Moment auf die Idee kam. Das mit dem Speck hatte ich mir vorher überlegt, aber ich weiß nicht, wie ich auf fränkischen Speck kam.

»Wammerl.«

Dobberke schenkte sich nach.

»Auf die deutsche U-Boot-Flotte. Prosit.«

»Kennen Sie Salo?«, fragte er. Der Klang seiner Stimme war ein wenig weicher.

»Nein, tut mir leid.«

»So nennen die im Osten ihren Speck. Scheißegutes Zeug. Hab ich beim Besuch der Deutschen Ausrüstungswerke in Lemberg gegessen. Weiß, ganz fein. Die lassen das einen Monat im Keller in so Holzkisten reifen. Das schmilzt auf der Zunge. Salo.«

Dobberke leckte sich über die Lippen.

»Salo«, sagte die Krankenschwester.

»Ich besorge Ihnen den besten Speck, den es gibt«, sagte ich.

»Ach, halt die Fresse«, sagte er. »Zehn.«

»Verzeihung?«

»Zehn Pfund.«

»Neun«, sagte ich, damit ich kein Misstrauen weckte.

»Zehn, hör auf zu handeln, du Jude.« Er musterte mich. Der Schweiß lief mir über das Gesicht. Dobberke kam näher.

»Wieso schwitzt du so, Kamerad?«

Ich spürte, wie meine Lippe zitterte, obwohl ich die Zähne von innen hineinbiss.

»Ich …«

»Irgendwas stimmt hier nicht«, sagte er, »hab ich vorhin schon gedacht.«

»Der Rum …«

Ich wischte mir mit der flachen Hand den Schweiß von der Stirn.

»Ich wusste, die ganze Zeit, dass hier was nicht stimmt, Mulla«, sagte er und griff mit einer Hand ihren Nacken, »diese verkackte Heizung, hast du die wieder aufgedreht?«

»Verzeihung, mein Hauptscharführer«, sagte die Kranken-schwester. Er wandte sich zu mir, ohne sie loszulassen.

»Zehn.«

Ich wollte Dobberke die Hand geben.

»Zehn, einverstanden«, sagte ich.

»Ich scheiß auf deinen verschwitzten Handschlag. Und jetzt Abflug.«

Ich nickte ihm zu, deutete der Krankenschwester eine Verbeugung an und schaute ihr zwei Sekunden ins Gesicht, bevor ich den Raum verließ.

Ich ging den langen mit Linoleum ausgelegten Gang entlang zum Ausgang und spürte, wie meine Knie bei jedem Auftreten zitterten. Die Schritte hinter mir hörte ich nicht. Als mich eine Hand an der Schulter berührte, erschrak ich. Die Krankenschwester stand so nah, dass unsere Fußspitzen sich berührten, als ich mich umdrehte.

»Komm mit«, sagte sie.

Ich schüttelte den Kopf.

»Komm mit, ich bring dich zu den Insassen.«

In ihrem Gesicht zuckte ein Muskel.

»Zu den Goldschlags?«

»Zwei Minuten, nicht länger.«

Wir stiegen eine Treppen hinauf. In den Gängen hingen die alten, billigen Gemälde, deutsche Landschaften, die hier schon gehangen haben mussten, als das Haus noch als Altersheim genutzt worden war. Je höher wir stiegen, umso stechender wurde der Gestank nach Schweiß und Urin und verreckendem Leben. Die Stille überraschte mich. Wir hörten nur unsere Schritte auf dem Gummifußboden. Ich blieb stehen, griff der Frau an den Ellenbogen und sagte, dass nur sie es hören konnte.

»Der Möbelwagen draußen …«

»Schhh…«, sagte sie.

»Aber der Möbelwagen, das Gerücht.«

Die Frau strich mir eine schweißnasse Haarsträhne aus der

Stirn und betrachtete mein Gesicht, bevor sie mir in die Augen schaute. Sie sagte: »In diesem Land sind nur noch die schönen Geschichten Gerüchte. Die hässlichen sind alle wahr.«

Sie umarmte mich. Sie schob ihre Arme unter meinen Achseln hinter meinen Rücken und hielt mich fest. »Lauf weg, du Idiot«, sagte sie leise in mein Ohr. Sie ließ mich so plötzlich los, wie sie mich angefasst hatte, und ging weiter, ohne mich anzuschauen.

Die Krankenschwester sprach mit einem Wachmann. Der Mann schaute in eine Liste, nahm ein großes Schlüsselbund von der Wand, und wir folgten ihm zu einer der Türen im Gang, die von außen alle durch einen geschmiedeten Riegel verrammelt waren.

Der Raum war vielleicht zwanzig Quadratmeter groß, darin befanden sich so viele Menschen, dass es kaum genug Platz für sie gab, sich hinzulegen. Sie schauten uns an. Das Fenster war halb zugemauert, das Glas darin vergittert. An einigen Stellen lag Stroh auf dem Boden. Aus dem Raum schlug uns verbrauchte, warme Luft entgegen.

»Goldschlag!«, brüllte der Wachmann in den Raum. In der Hand trug er einen Stock aus Holz, der aussah wie ein abgesägter Besenstiel.

Als der Wachmann schrie, zuckten Menschen im Raum zusammen. Ich hörte leise Wörter, verstand sie aber nicht. Zwei kleine, gebeugte Gestalten bewegten sich zur Tür, sie stiegen über andere hinweg. Sie hielten sich an den Händen.

Stellas Mutter hatte die gleichen hellen Haare wie ihre Tochter. Die Goldschlags trugen Wintermäntel und schauten vor dem Wachmann auf den Fußboden. Stellas Vater hielt ein dreckiges Bündel in der Hand, von dem ich nicht wusste, was sich darin befand.

»Wir sind Toni und Gerhard Goldschlag«, sagte er, den Kopf zwischen die Schultern gezogen.

»Vortreten«, sagte der Wachmann, er klang gelangweilt, nicht feindselig.

Die Goldschlags traten auf den Gang. Als ich der Mutter die Hand ausstreckte, wich sie zurück, als hätte ich versucht, sie zu schlagen.

»Ich kenne Ihre Tochter«, sagte ich.

Frau Goldschlag hob den Blick, ihr Mann schaute weiter auf den Fußboden.

»Sie wollen …«, sagte er.

Sein linkes Hosenbein färbte sich dunkel.

Sie war so mager, dass man die Adern in ihrem Hals sehen konnte, sie schüttelte leicht den Kopf, als hätte sie einen Tremor, der Kragen ihrer Bluse war einmal weiß gewesen.

»Stella«, sagte sie, fast tonlos.

»Es geht ihr gut.«

Der Wachmann stand daneben und hörte zu. Er schlug mit dem Holzstock rhythmisch auf den geöffneten Schmiederiegel der Tür. Frau Goldschlag sprach schnell und leise.

»Bitte, sagen Sie Stella bitte, dass es uns auch gut geht?«

»Das werde ich.«

»Sagen Sie ihr, dass wir es warm haben. Sauber. Bettwäsche aus Bauernleinen.«

Ihre Worte überschlugen sich.

»Sagen Sie ihr, dass es hier Matratzen mit Federkern gibt, und jeden Tag Hafergrütze mit einem Klecks Butter und manchmal sogar Radioprogramm.«

Der Wachmann lachte. Ihm fehlte ein Eckzahn. *Tak tak tak* machte der Stock.

»Sie wollen uns …«, sagte Herr Goldschlag.

In der Zelle hörte ich einen Menschen stöhnen.

Stellas Mutter griff nach dem Ärmel meiner Jacke.

»Finger weg, Jude«, sagte der Wachmann, sein Ton blieb ruhig. Sein Stock schlug weiter. Ich schaute auf die Tropfen auf dem Linoleum.

»Sagen Sie ihr, dass ich Aquarellfarbe bekomme und dass Papa jeden Tag auf dem Flügel Schumann spielen darf und mit dem Lagerleiter den gleichen Humor hat. Und dass wir sicher bald wieder in Freiheit sein werden.«

»Aber das ist gelogen.«

»Stella muss damit aufhören«, sagte die Mutter.

»Stella … womit?«

Der Stock des Wachmanns hämmerte.

Tränen liefen Frau Goldschlag über die Wangen und hinterließen helle Spuren.

»Er weiß es nicht«, sagte sie zu sich selbst.

Tak tak tak.

»Unsere Zukunft«, sagte Herr Goldschlag.

»Sei still, Gerhard.«

»Sie wollen uns unsere Zukunft wegnehmen.«

»Er weiß es nicht«, sagte Frau Goldschlag.

»Was weiß ich nicht?«

Sie musste es nicht aussprechen. Vielleicht hatte ich es die ganze Zeit gewusst. Es war ein Gedanke, den ich mir verboten hatte. Der Wachmann lächelte, er hörte nicht auf zu trommeln. *Tak tak.*

Ich griff mit der Hand in den Stock und hielt ihn fest. Eine Sekunde nur.

Am nächsten Tag kaufte ich dem Küchenchef des Grand Hotel fünf Flaschen Rum ab und zehn Pfund Speck, der nicht aus Franken stammte. Der Preis war hoch.

Toni und Gerhard Goldschlag blieben gefangen im Lager in der Großen Hamburger Straße. Dobberke brach sein Wort, einfach so, weil er es konnte.

In der Nacht sprach Stella im Schlaf, ich hielt sie am Bauch, wie sie es gern mochte. Weit nach Mitternacht sagte sie etwas, das wie »Neschume« klang, aber vielleicht hatte ich mich auch verhört oder vielleicht hatte ich geträumt.

*

22. *Fall:*   *Kurt Cohn*
             Zeuge: Kurt Cohn

Der Zeuge Kurt Cohn ging über den Rosenthaler Platz, als er plötzlich die Angeschuldigte auf sich zukommen sah. Da diese ihm als Greiferin bekannt war, lief er davon. Während Rolf Isaaksohn mit zahlreichen Zivilisten ihm nachsetzte, ging die ebenfalls anwesende Angeschuldigte in eine Telefonzelle hinein. Cohn wurde von seinen Verfolgern ergriffen und zum Rosenthaler Platz zurückgebracht, wo Beamte der Geheimen Staatspolizei ihn festnahmen und in das Lager Große Hamburger Straße einlieferten. Es gelang ihm jedoch, nach 4 Monaten zu entfliehen.

Bl. 1/162–163
Bl. 1/16, 38, 192, 184

*

AUGUST 1942 Zur Sicherstellung der Versorgung
werden in der deutschen Landwirtschaft Eigentums-
und Besitzerwechsel verboten. Angehörige des Sonderkom-
mandos führen die Karmeliterin Edith Stein in Auschwitz
in eine luftdichte Kammer und füllen den Raum anschließend mit dem Gas Zyklon B. In Indien verhaftet die Polizei
den Aktivisten Mahatma Gandhi. Der Oberbefehlshaber
der 6. Armee gibt den Angriffsbefehl auf Stalingrad. In den
USA feiert der Film *Die Frau, von der man spricht* Premiere.
In der Nähe von Stalingrad attackiert eine italienische Ka-
vallerieeinheit sowjetische Soldaten, viele der Reiter und
Pferde sterben. Es ist der letzte Einsatz von Kavallerie in
diesem Krieg. Die industrielle Herstellung von Penicillin
startet. Die Geheime Staatspolizei inhaftiert Mitglieder der
Berliner Widerstandsorganisation »Rote Kapelle«, viele
der Inhaftierten werden in Plötzensee hingerichtet. Achtes
Gebot der zehn Gebote für jeden Nationalsozialisten des
Dr. Joseph Goebbels: »Sei kein Radauantisemit, aber hüte
Dich vor dem Berliner Tageblatt.« Der Chef der deutschen
Zivilverwaltung in Serbien, Harald Turner, meldet: »Serbien
ist das einzige Land, in dem Judenfrage und Zigeunerfrage
gelöst sind.« Der Leiter des Waisenhauses im Warschauer
Ghetto, Janusz Korczak, geht freiwillig zusammen mit
200 Kindern ins Vernichtungslager Treblinka und lässt sich
ermorden; Korczak trägt zwei der kleinsten Kinder auf dem
Arm. Heinrich Himmler bestimmt »Luftwaffengrau« als
neue Farbe für deutsche Feuerwehrautos.

*

Vater bestand darauf, Stella zu treffen. Er nahm den Wagen bis Wien und von dort den Zug, weil er bei seiner letzten Flugreise in einen Schneesturm geraten war und das Flugzeug mit vereistem Cockpit notlanden musste.

Die Lokomotive stieß Rauchwolken in die Bahnhofshalle. Wir fuhren ins Hotel und saßen in Vaters Zimmer in zwei Sesseln und tranken Arak mit Eiswasser.

Vater erzählte mir, er habe beim Pendeln herausgefunden, dass bald amerikanische Truppen nach Deutschland kämen. Ich stand auf und kniete mich neben den Sessel meines Vaters.

»Ich hab Angst, Papa.«

»Liebst du sie?«

»Ich glaube.«

»Dann habe ich auch Angst.«

Stella ließ sich Wasser in die Wanne laufen, als ich unser Zimmer betrat. Sie las ein Buch von Vicki Baum auf der Wannenkante und trank Sekt mit Eiswürfeln.

»Papa freut sich auf dich.«

Sie küsste mich lange.

»Ich hab Bammel, dass ich was falsch mache«, sagte sie.

»Das brauchst du nicht.«

»Ich kann halt nicht so vornehm reden wie du.«

Ich sah einen ihrer Zettel auf dem schmalen Granitregal unter dem Badezimmerspiegel: *»liebst du mich noch?«*

Am Abend wollten wir ins Restaurant des Hotels gehen, das Essen war gut, trotz der Rationierungen. Im Weinkeller

lagen noch einige Fässer Châteauneuf-du-Pape. Der Oberpage hatte mir erzählt, dass im Keller zwei französische
Kriegsgefangene arbeiteten, die den Wein auf Flaschen
zogen.

Vater und ich warteten an der Bar. Stella hatte die Zeit
vergessen. Als ich im Smoking unser Zimmer verließ, saß
sie nackt vor ihrem Schminktisch. Ich habe Männer nie
verstanden, die sich über ihre Frauen beschweren, weil sie
zu lange im Bad brauchen.

Vater erzählte, dass zwei unserer Stallburschen sich freiwillig der Wehrmacht angeschlossen hatten. Er sagte, dass
er die Köchin vermisse, obwohl sie am Ende beim Challa-
backen dauernd jiddische Klagelieder gesungen hatte. Wir
lachten ein wenig.

»Hätten Sie vielleicht Orangen?«, fragte Vater Franz den
Dicken.

»Selbstverständlich haben wir Orangen.«

»Machen Sie mir einen Screwdriver mit frisch gepresstem
Saft bitte?«

»Jawoll«, sagte Franz.

Fünf Minuten später sagte Franz mit gesenktem Blick, dass
im gesamten Haus keine Orange zu finden sei.

»Verzeihen Sie, der Krieg. Sie verschwinden einfach.«

Ich sah Stella in dem Moment, als sie aus dem Fahrstuhl
trat. Sie trug das dunkle Kleid und hatte zum ersten Mal,
seit sie in der Burgstraße gewesen war, in der Öffentlichkeit
kein Kopftuch auf. Ihre nachgewachsenen Haare hatte sie
mit Wasser und Brillantine zu einem Seitenscheitel gezo-

gen. Vater erhob sich von seinem Hocker. Als sie knickste, ging er einen Schritt vor und schloss sie in seine Arme.

»Meine Tochter«, sagte er.

Ich sah ihren überraschten Blick.

»Wie eine jesidische Prinzessin«, sagte Vater.

»Sehr erfreut.« Ich konnte hören, wie sie versuchte, ohne ihren Berliner Dialekt zu sprechen.

»Und dann dieses Kleid«, sagte Vater, er befühlte mit Daumen und Zeigefinger den Stoff an ihrer Taille. »Florentinische Seide?«

Stella lachte so laut, dass zwei Männer im Foyer sich nach ihr umdrehten.

»Hat Fritze jeklaut.«

Vater lächelte unsicher. Meine Ohren wurden heiß.

Sie hakte sich bei uns beiden ein, wir gingen ins Restaurant.

»Mögen Sie Austern?«, fragte Vater.

»Bitte was?«, fragte Stella.

Vater bestellte zwölf Sylter Austern auf Eis, er zeigte Stella, an welcher Stelle sie das Messer in die Muschel stecken musste. Bei der ersten träufelte er eine Vinaigrette drauf. Austern waren aus mir unerklärlichen Gründen nicht rationiert.

»Sieht lustig aus«, flüsterte Stella und grinste. Sie schlürfte die Auster und verzog erst das Gesicht, dann schaute sie meinen Vater erstaunt an.

»Ist ja köstlich«, sagte sie.

»Am besten sind sie in Saint-Malo, direkt aus dem Meer. Und mit Zitronensaft«, sagte er.

Vielleicht war es schön, weil wir wussten, dass es nie wieder so sein würde. Vater erzählte von seinen Reisen über den Atlantik mit der Queen Mary. Er erzählte von Melek Daus, den die Jesiden verehrten und der ein gefallener Engel war und die Hölle mit seinen Tränen löschte. Stella saß neben Vater und lauschte seinen Geschichten. Er beschrieb ein chinesisches Bild aus dem fünften Jahrhundert, das er im Metropolitan Museum gesehen hatte. Darauf war eine Horde Affen zu sehen, die an einem Baum über einen See klettern und nach dem Spiegelbild des Mondes auf dem Wasser greifen.

»Warum?«, fragte Stella.

»Warum tun wir, was wir tun, meine Liebe?«

Ein Kellner trat an den Tisch. Vater schaute lange auf die Karte, die der Kellner ihm gab.

»Herr Ober, was genau ist Würzfleisch?«

»Früher hieß das Ragout, mein Herr.«

»Und Feuertopf?«

»Franzosen sagen Pot-au-feu, mein Herr.«

»Ach so.«

»Geändert auf Anweisungen vom Reichsministerium für Volksaufklärung, mein Herr.«

Kurz dachte ich an Tristan.

»Weil wir müssen«, sagte Stella.

»Verzeihung?«, sagte Vater.

»Die Affen und der Mond. Wir tun, was wir tun, weil wir es müssen.«

An diesem Abend lächelte Stella viel und berührte ab und an Vaters Arm. Als es spät wurde, plauderten die beiden über das Geheimwissen der Drusen, ich hörte nur halb hin. Sie lächelte, ließ den Blick durch den Raum schweifen, und dann, von einem Wimpernschlag zum nächsten, wich die Farbe aus ihrem Gesicht, selbst ich konnte das erkennen.

»Mein Kind, hast du einen Geist gesehen?«, fragte Vater und lachte.

Ich drehte mich um und sah, dass sie auf einen Tisch in der Ecke starrte, an dem eine Frau in einem Baumwollkleid und ein Mann mit langen Locken und Uniform saßen.

»Da«, sagte sie, »der ... da.«

»Was ist, mein Mädchen?«, fragte Vater.

Der Mann mit den Locken hatte bemerkt, dass wir ihn anschauten. Er hob sein Rotweinglas zum Gruß.

»Bring mich weg«, flüsterte Stella. Ihre Fingernägel drückten in meine Hand.

Ich legte ihr den Arm um die Hüfte und ging mit ihr aus dem Restaurant.

»Ich erkläre das morgen«, sagte ich. Vater ging neben uns her und gab mir im Foyer einen kleinen Beutel aus Samt.

»Für euch«, sagte er, »für euch.« Er lächelte wieder unsicher. Ich nickte und trat in den Fahrstuhl. Vater blieb davor stehen. »Gute Nacht, mein Mädchen«, sagte er noch. Stella hatte das Gesicht an meine Schulter gelehnt und schien ihn nicht zu hören.

Als die Tür schloss, sagte Stella ein Wort in mein Ohr.

»Gärtner.«

Sie ging ins Bad unseres Zimmers und blieb lange dort.

Ich schaute in den Samtbeutel. Darin lagen zwei identische Uhren, ein flaches Modell mit Handaufzug, das Ziffernblatt war hell mit dezenten Zahlen, in der Mitte stand der Schriftzug »Precision«.

Auf einem Zettel hatte Vater geschrieben: *Ich hatte sie für deine Mutter und mich gekauft. Vielleicht bringen sie euch mehr Glück. Aristoteles sagt, dass Zeit und Veränderung untrennbar miteinander verbunden sind. Wenn Ihr sie nicht mögt, verschenkt sie weiter. Papa.*

Die Uhr war für Stella ein wenig groß. Als ich sie umdrehte, sah ich, dass in die Rückseite zwei ineinandergreifende Ringe graviert waren.

Als Stella aus dem Bad kam, waren ihre Pupillen vom Pervitin geweitet. Sie setzte sich neben mich aufs Bett. Sie zitterte. Ich hielt sie im Arm. Sie sah die Uhren in meiner Hand und griff danach.

»Von Vater«, sagte ich.

»Für mich?«, fragte sie und zog den Rotz in der Nase hoch. Sie band sich eine Uhr um und rieb mit den Fingern der rechten Hand über die Lünette.

»Wie schön sie ist«, sagte sie.

Stella und ich ließen die Uhren zum Schlafen um. Sie schlief ein, trotz des Pervitins, während ich ihre Hand hielt. Ich dachte an den Mann mit den Locken. Ich dachte an Cioma Schönhaus und Stellas Eltern. Das musste ein Ende finden.

Bevor Vater am Morgen abreiste, ging ich in sein Zimmer und wir schauten zusammen aus dem Fenster. Er hielt meine Hand. Ich sagte ihm, dass ich den Möbelwagen gesehen hatte.

»Warum bist du wirklich an diesen Ort gekommen?«, fragte Vater.

Wir standen nebeneinander und schwiegen.

»Warum bist du so lang bei Mutter geblieben?«, fragte ich.

»Weil ich mich entschieden hatte.«

»Aber ihr habt euch nicht geliebt.«

»Ich liebe sie heute noch.«

»Aber ihre Schwächen.«

»Für jede einzelne.«

*

30. und 31. Fall: *Eheleute Klein*
                    Zeugin: Elisabeth Pawelzyk

Die Zeugin Elisabeth Pawelzyk war im Hause Landsberger Straße 32 Portiersfrau. Im ersten Stock dieses Hauses wohnte eine jüdische Familie Klein. Die Zeugin sagte, wie eines Morgens ein Kraftfahrzeug vor der Haustür hielt, aus dem die Angeschuldigte und zwei Männer in Zivil stiegen. Die Eheleute Klein wurden kurz darauf mit dem Kraftfahrzeug abtransportiert. Ihr weiteres Schicksal ist nicht bekannt.

Bl. I/113R, 195

*

174

SEPTEMBER 1942 Wolfgang Schäuble wird geboren. Der Oberbefehlshaber der Heeresgruppe A, Generalfeldmarschall Wilhelm List, wird entlassen; Adolf Hitler übernimmt die Führung der Heeresgruppe. Im Berliner Olympiastadion verliert die deutsche Fußballnationalmannschaft zwei zu drei gegen Schweden. Neuntes Gebot der zehn Gebote für jeden Nationalsozialisten des Dr. Joseph Goebbels: »Halte es mit dem Leben so, daß Du dereinst vor einem neuen Deutschland nicht zu erröten brauchst.« Die SS deportiert tausende Menschen aus dem Ghetto von Litzmannstadt in das Vernichtungslager Chelmno; in den Zügen reisen viele Kinder. Auf dem Europäischen Jugendkongress in Wien sagt der Wiener NSDAP-Gauleiter Baldur von Schirach: »Europa ist ein heiliges Wahrzeichen der Menschheit. Es ist die Welt der Heroen, ob sie nun Alexander, Cäsar, Friedrich der Große oder Napoleon heißen, die Welt der Dichter von Homer und Dante bis Goethe, die Welt der Denker von Plato bis Kant und Nietzsche, die musikalische Welt von Bach bis Beethoven, Mozart. Wie erfüllt es uns mit Stolz, diese Namen zu bekennen! Was setzt Herr Roosevelt dem entgegen?« Der US-Präsident Franklin D. Roosevelt sagt am 7. September in einem Kamingespräch: »Dies ist der härteste Krieg aller Zeiten. Wir dürfen es nicht Historikern überlassen, eine Antwort darauf zu geben, ob wir hart genug sind, diese unsere Aufgabe zu erfüllen. Wir können die Antwort heute geben. Die Antwort ist ja.«

*

Wir zahlten Schwarzmarktpreise und aßen Austern und Bienenstich, wir tranken Kognak, zeichneten mit Kohle, hörten Swing und selten tanzten wir. Manchmal schafften wir es, Stellas Eltern zu vergessen. Wir machten uns schuldig, jeder auf seine Art.

Ich beobachtete, wie Mechaniker in Uniform auf dem Dach des IG-Farben-Gebäudes gegenüber meines Hotelzimmers eine Flugabwehrkanone des Typs Acht-Acht warteten.

Der Alarm heulte, als Stella und ich im Deutschen Opernhaus saßen und *Madama Butterfly* schauten.

Im Programmheft des Abends lag ein Zettel, was im Fall eines Luftangriffs zu tun sei, weil das Theater über keinen Luftschutzkeller verfügte. Wir gingen in den Keller eines Nachbargebäudes.

Eine Stunde lang hockten wir in Abendkleidern und Smoking im Keller, Knie an Knie, warteten auf das Geräusch einschlagender Bomben und Stella flüsterte mir ins Ohr: »Kein Nachtspaziergang diesmal.« Im Stahlbunker roch es nach Kölnischwasser.

Nachdem wir den Keller verlassen hatten, ging die Oper weiter und ein Mezzosopran gab drei Zugaben und wurde stehend beklatscht. Irgendwer stimmte das Horst-Wessel-Lied an, und am Ende sang das Publikum zusammen mit den Sängern auf der Bühne. Stella klatschte im Takt.

Auf dem Weg nach Hause zog sie mich ans Ufer der Spree. Sie schaute aufs Wasser und sagte: »Meine Eltern sind von der Liste.«

»Was?«

»Sie sind immer noch in der Großen Hamburger, aber sie kommen nicht auf den nächsten Zug.«

»Aber … ich meine … wie?«

»Ich weiß nicht, lieber Fritz.« Ihre Tränen fielen in die Spree. Ich hielt ihre Hand und spürte, wie ihre Handflächen feucht wurden.

»Wir sind Gefährten, oder?«, fragte sie.

Gefährten. Darin lag Sinn für ein ganzes Leben.

»Lass uns nach Choulex gehen. Nach Hause«, sagte ich.

»Zum Haus am See?«

Stella drückte ihre nasse Wange an meine.

»Ich glaub, ich will wieder auftreten.«

Ich weiß nicht, warum sie in diesem Moment daran dachte.

Ich schaute auf mein Handgelenk. Die Uhr, die mein Vater mir geschenkt hatte, glänzte im Laternenlicht. Ich hatte vergessen, das Werk aufzuziehen, die Zeiger waren stehen geblieben.

Abends im Bett sagte Stella: »Kleiner?«

»Mhh.«

»Gehen wir mal wieder mit Tristan aus?«

Ich war sofort wach.

»Mit Tristan?«

»Er ist unser Freund.«

Stella rollte sich auf den Rücken und schaute an die Decke.

Ich beugte mich über sie und schüttelte den Kopf.

»Er hat dich Judenpack genannt.«

»Hat er nicht.«

»Ich war dabei.«

»Israelitenpack hat er gesagt.«

»Ist das besser?«

Sie schwieg. Eine Fliege schwirrte durch den Raum und flog immer wieder gegen die Fensterscheibe.

»Kannst du nicht wenigstens versuchen zu begreifen?«, fragte Stella.

Ich stand auf, ging ins Bad und begann, Rasierseife mit dem Pinsel in einer Schale aus Horn zu einer sahnigen Masse zu schlagen. Die Seife roch nach Sonnenblumen. Es war Nacht, ich hatte mich am Morgen rasiert, aber es stimmte ohnehin nichts mehr.

Stella kam ins Bad, rückte mir einen Hocker vor den Spiegel und drückte mir sanft auf beide Schultern, dass ich mich setzte. Sie stellte sich hinter mich, legte mir eine Hand an den Hals und zog mit der anderen Hand meinen Kopf nach hinten, bis ich ihre Brust berührte. Sie pinselte mir mit kreisenden Bewegungen den warmen Schaum ins Gesicht. Dann nahm sie das Messer.

»Hast du schon wieder Angst?«, fragte sie.

Sie versuchte ein Lächeln.

Ich sah, wie ihre Hand zitterte. Langsam zog sie die Klinge über meine Haut.

»Ich auch«, sagte Stella. Ich versuchte, still zu halten, wenn sie mich schnitt.

Als sie fertig war, rann Blut aus vielen kleinen Schnitten

meinen Hals hinab. Ich glitt mit dem Alaunstein darüber, bis sie sich zusammenzogen.

»Tristan also.«

Sie umarmte mich von hinten.

Wir trafen ihn ein paar Tage später in einer Kneipe in der Lehrter Straße in Moabit. Er trug einen Zweireiher mit Nadelstreifen und einen Regenschirm.

Tristan trank Bier aus einem kleinen Glas, küsste Stella dreimal auf die Wangen zur Begrüßung wie ein Schweizer, schaute mich dabei über ihre Schultern an und zog die Brauen nach oben, als wolle er mir etwas mitteilen. Danach umarmte er mich und sagte: »Hab dich vermisst, alter Junge. Wie fühlst du dich?«

Tristan redete eine Zeit lang darüber, dass er nun häufig eine Kräuterbrause trinke, die er »Herve« nannte, dass er seit kurzem versuche, kochen zu lernen, und mit welchen Exemplaren er die Sammlung seiner Toneulen ergänzt habe. Und er habe einen neuen Schleichhändler aufgetan, der ihm in seiner doppelbödigen Aktentasche Camembert nach Berlin schmuggele.

»Deine Haare sind klasse geworden«, sagte er zu Stella und griff ihr an den Hinterkopf. Seine Finger berührten ihren Nacken, wo ihr Haar weich war.

Ich trank das Bier schnell, ging auf die Toilette, nahm das Handtuch vom Haken, tränkte es mit kaltem Wasser und legte es mir in den Nacken.

Als ich zurück in den Schankraum kam, standen Stella

und Tristan so nah, dass sich ihre Oberarme berührten. Ich sah sie durch den Zigarettenrauch und hielt mich am Türrahmen fest. Sie sahen ernst aus, Stella schüttelte immer wieder den Kopf. Dann erblickte sie mich und lächelte.

»Worum gehts?«, fragte ich.

»Ach, alter Junge«, sagte Tristan, »ich hab nur gesagt, dass ich so gern an die Front will. Wusstest du, dass ich Kampfpilot bin? Greifgeschwader.«

Ein kalter Wassertropfen lief unter meinem Hemd an der Wirbelsäule nach unten.

Wir gingen zu Fuß in den Melodie Klub. Stella hakte sich bei uns ein, wie sie es an unserem ersten Abend getan hatte. Der Asphalt glänzte vom Regen.

Ich hatte schnell getrunken, weil ich dachte, das würde es einfacher machen, was nie stimmte. Die sommersprossige Kellnerin begrüßte Tristan mit einem Kuss auf den Mund. Es waren viele Gäste im Klub. Die meisten Männer trugen Zweireiher mit Nadelstreifen wie Tristan. Zigarrenrauch ließ meine Augen tränen.

Stella tanzte mit ihrer Wange an meiner. Sie trank Kognak und Kirschwasser durcheinander. Als die sommersprossige Kellnerin ein Metalldöschen mit Kokain auf den Tresen stellte, zogen wir etwas davon von einem Löffel. Ich wurde wach, meine Nase wurde taub, aber das Gefühl war noch da, dass mein Leben eine Unwucht hatte. Tristan schaufelte einen gehäuften Löffel für Stella aus der Dose und hielt mit der anderen Hand ihr Kinn, als sie zog.

»Singst du eigentlich noch, Kristinchen«, fragte Tristan.

Mein Magen krampfte sich zusammen, als er sie so nannte.

»Würd gerne wieder.«

»Wollen wir ein Duett singen? Ja?«

Stella schaute mich an.

»Alter Junge, darf ich deine Frau kurz entführen?«

Ich klopfte Tristan zu fest auf die Schulter.

Stella und er gingen auf die Tanzfläche, tanzten einen schnellen Charleston, dann gab Tristan der Kapelle ein Zeichen, sprang aus dem Stand auf die Bühne und reichte Stella die Hand. Als sie nach oben kletterte, fiel der Lichtstrahl einer Deckenlampe auf das Ziffernblatt ihrer Armbanduhr.

Tristan und Stella sangen ein Lied auf Englisch. Er sang leicht schief, aber das schien ihn nicht zu stören. Sie schaute immer wieder zu mir und lachte mich über die Köpfe der Tanzenden an.

*

23. bis 27. Fall: Gerda Kachel, Elly Lewkowicz,

Aron Przywosik mit 2 Söhnen

Zeugin: 1. Gerda Kachel, 2. Elly Lewkowicz

Die Zeugin Gerda Kachel sah, als sie Aron Przywozik aufsuchen wollte, die Angeschuldigte auf dem Hof stehen, wo sie auf die Wohnung Przywozik schaute. Die Zeugin zog sich daraufhin fluchtartig zurück und berichtete der Zeugin Lewkowicz von ihrer Beobachtung. Am Abend suchte sie

Przywozik auf und machte ihm davon ebenfalls Mitteilung.
Przywozik versuchte jedoch, ihre Bedenken zu zerstreuen. Am
folgenden Tag, als die beiden Zeuginnen erneut bei Przywozik
anklopften, wurde ihnen von den jüdischen Fahndern Behrens
und Leweck die Tür mit den Worten geöffnet: »Guten Abend,
Frau Kachel, Sie sind verhaftet.« Beide Zeuginnen wurden
in das Lager Große Hamburger Straße gebracht. Bei der Verneh-
mung forderte der SS-Führer Dobberke die Zeugin Kachel
auf, noch drei illegal lebende Juden anzuzeigen, um auf diese
Weise nicht nach Auschwitz, sondern nach Theresienstadt zu
kommen. Die Zeugin lehnte dieses Ansinnen ab.
Bei einer Vernehmung durch Dobberke war die Angeschuldigte
zugegen. Als diese den Raum verlassen wollte, fragte Dobberke:
»Na, wo geht es heute hin?« Sie antwortete: »Ins Theater.«
Dobberke erwiderte daraufhin zynisch: »Na, dann viel Erfolg!«
Die Angeschuldigte trug, wie auch in zahlreichen anderen
Fällen, ein grünes Kostüm und ein Jägerhütchen. Przywozik
und Söhne kamen nach Auschwitz. Die Söhne leben heute in
Australien, während der Verbleib des Vaters unbekannt ist.

Bl. 1/107, 193–194
Bl. 1/17, 42, 192

OKTOBER 1942 Im Frauenlager B IA in Birkenau führen die Angehörigen der Schutzstaffel eine Selektion durch; anschließend sterben 2000 weibliche Häftlinge in den Gaskammern. Zur Gewinnung von Speiseöl wird die deutsche Bevölkerung aufgefordert, Bucheckern zu sammeln. Aus einer Rede Hermann Görings im Berliner Sportpalast: »Wird der Krieg verloren, dann bist du vernichtet. Der Jude steht mit seinem nie versiegenden Hass hinter diesem Vernichtungsgedanken.« Das Todesurteil gegen den 17-jährigen Helmuth Hübener wird vollstreckt; sein Vergehen bestand darin, dass er Mitteilungen aus britischen Nachrichten per Flugblatt verbreitet hatte. Auf dem Gelände der Heeresversuchsanstalt in Peenemünde auf Usedom gelingt der Start der A4, der ersten funktionsfähigen Großrakete der Welt. Der König der Lappländer, Aslak Junse, erstattet bei den finnischen Behörden Anzeige, weil ihm die Norweger angeblich 2000 Rentiere gestohlen haben. In Italien wird die Herstellung von Spielzeug verboten, die Spielzeugfabriken sollen fortan Kriegsgerät herstellen. Tana Berghausen wird im Bielefelder Lager Schloßhof geboren, ihre Mutter besteigt kurz darauf mit ihr einen Zug und fährt 40 Stunden lang in einem Viehwaggon nach Auschwitz; auf der Rampe schlagen SS-Soldaten den Säugling Tana Berghausen tot; die Todesdaten der ebenfalls in Auschwitz ermordeten Eltern sind unbekannt. Zehntes Gebot der zehn Gebote für jeden Nationalsozialisten des Dr. Joseph Goebbels: »Glaube an die Zukunft; nur dann wirst Du sie gewinnen.«

*

Morgens lagen wir wach nebeneinander und warteten, dass es hell wurde.

»Wann gehen wir nach Choulex, Pünktchen?«

»Weiß nicht.«

»Ich hab doch den Schweizer Pass. Lass uns einfach weggehen.«

Die Pause war zu lang. Ich mochte Stellas Schlafgeruch.

»Du hältst dich doch für was Besseres«, sagte sie.

»Ich ... was?«

»Ich muss meine Eltern retten.«

»Aber wie?«

»Tristan sagt, er hilft mir.«

Ich schwieg.

»Auch mit dem Singen«, sagte sie.

»Mit dem Singen?«

»Das verstehst du nicht.«

»Stella, hier wird nicht mehr gesungen.«

»Ich darf Weihnachten am Wannsee singen, in dem großen Haus, wo wir im Sommer waren.«

»Auf Schwanenwerder?«

»Nur dieses eine Lied.«

»Unterm Hakenkreuz?«

»Muss ich mich jetzt schämen?«

Ich sagte nichts mehr.

Sie atmete laut aus.

»Tut mir leid, Fritze.«

»Was?«

»Alles.«

Ich streichelte die Haut unter ihren Brüsten.

»Bitte sing nicht.«

»Ein Lied.«

»Bitte, Stella.«

Sie griff hinter ihrem Rücken zwischen meine Beine, aber ich konnte nicht.

Stella schlief ein. Ich versuchte es.

Bei meinem letzten Besuch in Tristans Wohnung stellte ich noch im Mantel die Frage, die ich lange vorher hätte stellen müssen. Er lächelte, schief und schön. Er hatte die ganze Wohnung mit Vasen voller weißer Gladiolen dekoriert.

»Was machst du, Tristan?«

»Tja«, sagte er. Er spannte seine langen Arme auf, dass er mit den Fingerspitzen fast die Wände seines Hausflurs berührte. Er drehte sich um, ging in die Küche und setzte sich auf einen Hocker neben dem Tisch. Vor ihm stand eine Schüssel mit Saubohnen. Tristan griff hinein und verlas die guten von den schlechten, er blickte zu mir hoch und sagte: »Madagaskar.«

»Madagaskar?«

»Allein der Klang, oder?«

Tristans Hände wühlten durch die Bohnen, und er erzählte mit Begeisterung in der Stimme davon, dass er an etwas arbeite, das er den »Madagaskarplan« nannte. Alle Juden aus dem Deutschen Reich sollten mit dem Schiff einmal die Küste Afrikas runterfahren und dann nach Madagaskar in die Savanne ziehen. »Übersiedeln«, nannte Tristan das.

»Die haben da tausende Pflanzen und Viecher und alles und keiner tut ihnen was«, sagte er.

»In Madagaskar?«

»Die haben da den Lemuren zum Beispiel. Hervorragend.«

»Du arbeitest daran, die Juden nach Afrika zu verschiffen?«

Er nickte, steckte sich eine rohe Saubohne in den Mund, stand auf und schlug mir mit beiden Händen auf die Schultern.

»Madagaskar, da wird man mich mal dran messen, alter Junge.«

»Und Stella?«

»Was soll mit der sein?«

»Soll die auch nach Madagaskar?«

»Machen wir zur Ehren-Arierin, hat sie nicht erzählt?«

Tristan holte die Degen aus einem Nachbarzimmer und warf mir die Schutzkleidung vor die Füße.

»Schön, dass du da bist«, sagte er.

»Heute nicht«, sagte ich und legte die Fechtjacke auf einen Küchenstuhl, den Degen hob ich auf. Er war stumpf an der Spitze, aber nicht zu stumpf.

»Weißt du, ich hab viel darüber nachgedacht, was eigentlich der Unterschied zwischen mir und dir ist«, sagte Tristan. Er stülpte sich die Fechtmaske über den Kopf.

»Ich meine, warum du es nicht schaffst, von Stella loszukommen.« Tristan ließ seine Fechtjacke offen. Er ging ein paar Meter rückwärts von der Küche ins Speisezimmer, ich folgte ihm. Tristan machte Schritttechniken, während er sprach.

»Ist dann doch wohl eine Sache der Veranlagung, aber das hörst du ja nicht so gern.«

Er fintierte ein paarmal.

»Ich meine, wenn du dünnes Blut hast, bist du schwach, ja?« Er schob seine Fechtmaske nach hinten, seine blonden Haare klebten an der Stirn. »Verzeih mir, alter Junge, wenn ich jetzt zu ehrlich bin. Aber wenn ich mal eine Freundin hab und jemand macht mit der, was sie mit Kristin gemacht haben. Ich meine, wenn der jemand so wehtut und die Haare und alles. Dann glaub mir, dann lebt der nicht mehr lang.«

Er stieß den Degen in die Luft.

»Und wenn meine Freundin ein ganzes Land gegen sich hätte, dann würde ich mit einer Fackel in dieses Land reiten und es niederbrennen, Haus für Haus. Ich meine, Familie ist ja schon irgendwie das Wichtigste. Da ist Kristinchen schon toll, wie sie ihre Familie schützt. Kannst schon froh sein.«

Der Duft der Blumen füllte den Raum. Staubkörner schwebten im Licht der Wintersonne. Ich hatte nicht gewusst, wie es sich anfühlt zu hassen.

»Warum hast du mich damals angesprochen im Melodie Klub?«, fragte ich.

»Haus für Haus«, sagte Tristan.

Ich nahm den Degen und ging auf die Fechtbahn. Tristan stand groß und gerade vor mir. Zum ersten Mal hörte ich so etwas wie Unsicherheit in seiner Stimme.

»Weil ich dachte, du könntest anders sein«, sagte er.

Ich kam ihm so nah, dass ich mit meiner Nase das Gitter seiner Maske berührte. Dahinter sah ich seine Augen. Dieses Mal verschränkte ich meine Hände nicht hinterm Rücken, um zu verbergen, wie ich zitterte. Meine Finger schlossen sich um den Griff des Degens.

»Alles gut?«, fragte Tristan.

»Alles gut«, sagte ich und schaute durch das Gitter. Ein paar Atemzüge standen wir so da.

»Das klang jetzt irgendwie so, als würdest du das gar nicht so meinen«, sagte Tristan.

Ich schwieg.

»Bitte sei ehrlich zu mir, Fritz.«

Ich drehte mich um und ging. Ich rammte den Degen in den verglasten Rahmen, in dem die dunkle Feder hing. Das Glas splitterte. Der Degen blieb nicht stecken, er fiel zu Boden. Was mit der Feder geschah, weiß ich nicht. Tristan rief mir nach, aber er versuchte nicht, mich aufzuhalten.

»Mensch, Friedrich, jetzt bleib doch. Ich habe extra Camembert bringen lassen.«

.   *

NOVEMBER 1942 Die Rote Armee kesselt die deutsche 6. Armee bei Stalingrad ein. 492 Menschen verbrennen bei einem Feuer im Bostoner Nachtclub Cocoanut Grove, weil eine kaputte Lampe Funken schlug und die Dekoration entflammte. Der polnische Untergrundkämpfer und Kurier Kozielewski mit dem Decknamen Jan Karski bringt der polnischen Exilregierung in London Berichte über die Deportationen aus Warschau und die Vernichtungslager. Die deutsche Fußballnationalmannschaft besiegt die Slowakei mit fünf zu zwei; es wird das letzte Spiel der deutschen Fußballnationalmannschaft bis 1950 sein. Ein Waffenstillstand beendet die Kämpfe zwischen den Alliierten und Vichy-Truppen in Nordafrika. Nach einem britischen Luftangriff auf Berlin brennt unter anderem das Gebäude der Deutschen Bank. Entgegen dem Befehl Hitlers, die deutsche Position in Nordafrika um jeden Preis zu halten, zieht Generalfeldmarschall Erwin Rommel seine Truppen nach der Niederlage bei El Alamein zurück. Hans Moser spielt die Hauptrolle im Film *Einmal der liebe Herrgott sein*. Auf der Vigorelli-Bahn in Mailand verbessert der italienische Radrennfahrer Fausto Coppi mit 45,871 Kilometern den Stundenweltrekord um 31 Meter. In Leipzig eröffnet ein Ehevermittlungsbüro für »entstellte Schwerkriegsbeschädigte, Kriegsblinde und andere Blinde«. Heinrich Himmler ordnet an, in der Reichsuniversität Straßburg eine Sammlung jüdischer Schädel und Skelette anzulegen. Zu diesem Zweck fahren rund 100 Juden aus Auschwitz nach Straßburg.

*

Ich fand Stellas Revolver zwischen meinen Hemden im Schrank. Ich ging zum Nachttisch und nahm aus der Schublade das Projektil, das Tristan mir geschenkt hatte. Ich steckte die geladene Waffe vorn in den Bund meiner Hose, ging zur Burgstraße Nummer 28 und wartete gegenüber dem Eingang des Judenreferats, bis der Gärtner Feierabend machte. Es war ein unauffälliger Bau am Ufer der Spree, direkt um die Ecke des alten Zirkus Busch. Vor dem Eingangstor stand ein Wachmann in der Uniform der Schutzstaffel mit einem Karabiner über der Schulter.

Der Gärtner kam um 16.32 Uhr aus der Haupttür, unterhielt sich mit einem Kameraden und lachte so laut, dass ich es auf der anderen Straßenseite hörte.

In der Münzstraße trug der Gärtner einer Frau den Kinderwagen die Treppen zum Hauseingang hoch. Er verabschiedete sich mit einer Umarmung von seinem Kameraden und betrat ein Wirtshaus. Ich folgte ihm. Er trank Tee an der Bar und unterhielt sich mit dem Wirt. In einer Ecke aß ich einen dünnen Bohneneintopf, um nicht aufzufallen.

Als der Wirt in der Küche verschwand, erhob ich mich und setzte mich auf den leeren Hocker neben dem Gärtner. Den Revolver hielt ich mit gespanntem Hahn in der Tasche meiner Jacke.

Der Gärtner schaute mich über den Rand seiner Brille an.

»Grüß Gott«, sagte er.

»Schauen Sie auf meine rechte Hand«, sagte ich zu schnell, »das ist eine Waffe.«

Der Gärtner lächelte.

»Was wollen Sie von mir?«

Er sprach Bairisch.

»Warum haben Sie Stella gefoltert?«

»Gefoltert?«

»Warum?«

Der Mann wirkte, als spreche er mit einem Freund.

»Wir haben uns eigentlich grad über Dahlien unterhalten.«

»Was?«

»Dahlien, so majestätische Blumen.«

Ich war für einen Moment sprachlos.

»Man muss freilich unterscheiden, je nach Zuchtform.«

Der Wirt kam aus der Küche und schaute uns an. Ich zog den Revolver aus der Tasche und drückte ihn dem Gärtner von unten gegen den Hals. Der Wirt sprang zurück in die Küche und stieß dabei ein Glas Soleier um, das auf den Dielen hinter dem Tresen zerbarst.

»Warum hast du ihr wehgetan?«

»Schad' um die Soleier. Wehgetan?«, fragte der Gärtner.

»Stella Goldschlag.«

»Ach«, sagte er und lächelte, »das blonde Gift.«

»Was soll das heißen?«

»So nennt sie das Berliner Judenvolk. Wusstest du nicht?«

Er schaute mich an. Ich hielt seinen Blick aus.

»Wie können Sie das tun?«

»Was?«

»Einen Menschen mit einem Schlauch schlagen?«

»Ach, das.« Er überlegte. »Mei.« Vorsichtig griff er nach

seiner Teetasse. »Darf ich?«, fragte er. Er trank Kamillentee.
Der Revolver drückte in seinen Hals, als er schluckte.

»Die Juden auf der ganzen Welt führen seit Jahrhunderten
Krieg gegen uns. Jetzt schlagen wir zurück, ist doch logisch.«

»Aber wie schlafen Sie nachts ein?«

Er lachte und schnalzte zweimal mit der Zunge.

»Du Kasperl«, sagte er, »weiß du, warum man mich den
Gärtner nennt?«

Sein Lachen war unerträglich.

»Meinst du, irgendwer jätet gern?«

»Was?«

»Alle sitzen gern im Garten und schauen den Flieder. Die
Margeriten, die Kröschen und die Begonien. Ganz logisch.
Aber Unkraut, keiner hats angepflanzt, keiner kümmert
sich drum. Manche Trottel finden es einfach nur nicht
schön. Ich sag, es gehört da nicht her, es verschandelt unsere Natur und es ist eine Bedrohung für unsere heimi-
schen Gärten und Wälder.«

»Was … Stella …«

»Schau her, da ist das Drüsige Springkraut. Die Natur will
eigentlich nicht, dass das da wächst. Ich glaube, dass die
Natur eine Ordnung haben muss. Trotzdem ist es da. Und
jetzt? Sollt ich mir vielleicht Handschuhe anziehen, es mit-
samt der Wurzeln behutsam aus dem deutschen Boden
heben und mit einem Schiff zurück nach Indien schicken?
Das täts doch eh nicht überleben. Also nehm ich gleich
den Stecher. Ist das Beste für alle. Fürs Springkraut, weils

nicht da hergehört. Und für die Natur, weil sie dann wieder schön rein ist, ganz logisch.«

Er lächelte immerzu.

»Liebst du dein Vaterland?«

»Ich … mein Vaterland … ich bin Schweizer.«

»Liebst du dein Vaterland?«

»Nein.«

»Ich werd heut Abend für dich beten«, sagte er, »und jetzt stehst auf. Dein Spielzeug steckst schön wieder ein. Ganz logisch. Du gehst rückwärts zur Tür und dann verzwickst dich und ich will dich da nicht nochmal sehen.«

Er sagte das ruhig.

»Und die Goldschlag, keiner zwingts. Die ist auf ihre verreckte Art ihrem Vaterland treuer als wir zwei miteinand.« Der Gärtner hob vorsichtig seine Finger, zupfte mir eine ausgefallene Wimper von der Wange und sagte: »Kannst dir was wünschen.«

Er nickte mir zu.

»Sei froh, dass ich heut gut drauf bin, und jetzt schleich dich.«

Vielleicht hätte ein anderer Mann dem Gärtner an diesem Tag durch den Hals geschossen. Ein anderer Mann hätte ihm ins Gesicht geschlagen und den Kiefer gebrochen oder eine der Scherben des Soleierglases genommen und ihm damit die Hauptschlagader aufgetrennt. Tristan hätte es vielleicht getan.

Ich war in dieses Land gekommen, weil ich mir gewünscht hatte, dass die Stärke der Deutschen auf mich überspringt.

Ich hatte die Deutschen bewundert. Ich hatte Tristan bewundert.

Langsam stand ich auf und ging rückwärts zur Tür.

Ich war kein Deutscher, ich war nicht Tristan, und wenn das Stärke war, wollte ich nicht stark sein.

Vielleicht ist es Schwäche, die dazu führt, dass wir anderen wehtun.

Ich war ein junger Mann aus der Schweiz, der seinen Vater vermisste, der eine Jüdin liebte und dessen mutigste Tat es gewesen war, einen alten Ziegenbock von einem Berg zu tragen. Ich verstand nicht, was in Deutschland geschah, warum Bomben fielen, warum Juden gehasst werden mussten und wie ich hineingeraten war in diesen Krieg.

Aber ich wusste an diesem Tag, dass ich niemals unsichtbar gewesen war.

»Warte mal, Kasperkopf«, sagte der Gärtner.

Ich hielt inne. Er hob einen Zeigefinger.

»Dein Rasierwasser. Was ist das? Das gefällt mir.«

Ich rannte. Den Revolver steckte ich im Rennen in meine Jackentasche und lief, so schnell ich konnte. Der Gärtner blieb sitzen und trank Tee.

Sie küsste mich auf den Hals zur Begrüßung. Mein Hemd war nass vom Schweiß am Rücken. Ich duschte, sie tupfte das Wasser von meiner Haut. Als ich neben ihr im Bett lag, fragte ich: »Wie hast du deine Eltern von der Liste gekriegt?«

»Was meinst du?«

»Wie, Stella?«

Sie verstand, ich sah es in ihrem Gesicht. Ihre Züge entspannten sich.

»Ich hab getan, was richtig war.«

»Ich weiß.«

»Nichts weißt du.«

Sie erhob sich, nahm eine Juno aus ihrem Etui und stand vor dem geschlossenen Fenster, als sie rauchte.

»Deine Uhr tickt nicht mehr«, sagte sie.

»Stella, ich muss jetzt die Wahrheit wissen.«

»Wieso tickt die nicht?«

Ich nahm die Lampe mit dem Porzellanständer vom Nachttisch und warf sie durch den Raum gegen die Seidentapete. Stella schaute mir zu. Sie ging um das Bett herum, sammelte die Scherben auf und legte sie in den Mülleimer. Sie setzte sich neben mir auf die Matratze. Eine Scherbe behielt sie in der Hand.

»Ich werd dir jetzt alles sagen«, sie holte Luft, »und danach wirst du mich verlassen.«

Ich schaute auf ihren Mund und wartete. Ich hatte keine Angst mehr.

»Danach verlässt du mich«, sagte sie und nickte.

Es war, als würde sie durch mich hindurchblicken, als sie sprach.

Am Ende sagte sie: »Und jetzt hau ab.«

Ich stand auf. Ihre Stimme war kaum hörbar.

»Erzähl deinen Kindern einmal von mir bitte. Machst du das?«

Stella hatte die Hände im Schoß um die Scherbe geschlossen, ihre Schultern waren nach vorn gefallen, die Kraft war aus ihr gewichen.

Ich sank vor ihr auf die Knie und schaute ihr von unten in die Augen. Stella ließ den Kopf nach vorn fallen und berührte mich. Meine Stirn war seit der Pubertät, kaum merkbar, ein wenig nach innen gewölbt. Ich glaube, auch andere Menschen haben das.

Stella legte ihre Stirn an meine. Wir passten zusammen wie füreinander geformt.

»Ich …«, sagte ich und merkte, dass es nicht nötig war, etwas zu sagen. Wir waren zusammen.

Diese Frau trug so viele Rollen in sich, das Aktmodell, die Sängerin mit der dünnen Stimme, die Schönheit in meiner Badewanne, die Büßerin, die Lügnerin, das Opfer, die Täterin. Stella Goldschlag, die Greiferin, meine Frau.

Ich weiß nicht, ob es falsch ist, einen Menschen zu verraten, um einen anderen zu retten.

Ich weiß nicht, ob es richtig ist, einen Menschen zu verraten, um einen anderen zu retten.

Ich wollte mich irgendwo verkriechen, weil ich wusste, dass ich dem Schicksal nicht gewachsen war, aber es mischte sich ein anderes Gefühl dazu. Ich spürte eine Verbundenheit mit Stella. Sie tat etwas, für das andere Menschen sie hassten, und ich stand bei ihr. Ich verstand sie nicht, aber ich stand.

Für alle anderen spielte sie eine Rolle. Bei mir war sie zu Hause. Wir waren die einzigen Menschen auf der Welt.

Irgendwann sagte sie: »Noch schlimmer als die Angst war die Einsamkeit.«

Ihre Hände lagen in meinem Nacken.

»Das darf so nicht weitergehen«, sagte ich.

Ich merkte an meiner Stirn, wie sie leicht den Kopf schüttelte.

DEZEMBER 1942 Heinrich Himmler befiehlt die
Deportation aller in Deutschland lebenden Roma und
Sinti nach Auschwitz-Birkenau. Die deutsche Presse mahnt
zur sinnvollen Begrenzung der Verdunklungszeiten:
»Wenn's an der Zeit ist, entdunkle fein! Spar Strom am Tag,
laß Licht herein!« Im *Börsenblatt des deutschen Buchhandels*
werden die Buchhändler aufgefordert, ihre Lager zu
räumen, um zum Weihnachtsfest das Buchangebot zu er-
höhen. Die Lohnsteuerkarten des Jahres 1942 behalten auch
im nächsten Jahr ihre Gültigkeit, um Papier zu sparen. Der
Schriftsteller und Theologe Jochen Klepper, seine jüdische
Frau und seine Stieftochter begehen Selbstmord, um sich
vor dem Konzentrationslager zu bewahren. Aus Anlass
des japanischen Erntedankfestes wird in Tokio die Oper
Lohengrin von Richard Wagner aufgeführt. Das Reichsministerium für Volksaufklärung und Propaganda erlässt
eine Verordnung, nach der Berliner Privattheater enteignet
werden sollen. Angesichts wachsender Rohstoffknappheit
fordert die deutsche Presse die Hausfrauen unter dem
Motto »Seife sparen – Wäsche schonen!« dazu auf, nur noch
alle fünf Wochen zu waschen. Alice Schwarzer wird geboren. Die britische Royal Air Force beginnt damit, Berlin
systematisch zu bombardieren. In Chicago entfesselt der
Physiker Enrico Fermi die erste vom Menschen eingeleitete
nukleare Kettenreaktion.

*

Wir verbrachten die Nächte im Bunker und schliefen im Sitzen. Im Keller spielte kein Fiedler mehr.

Wir hörten das Flakfeuer der Acht-Acht durch die Decke.

Als eine Brandbombe das Nachbargebäude traf, schlug die Druckwelle den Kalk von den Wänden des Bunkers und erzeugte eine Wolke, die uns für Minuten die Sicht nahm. Ich hustete tagelang hellen Schleim.

Stella war oft allein in der Stadt. Sie trug dabei einen Mantel aus Leder. Wir schwiegen darüber.

Einige Nächte gehörten noch uns. Wenn keine Bomben fielen, lag sie an mir, in meiner Kuhle, wie sie es einmal genannt hatte, und streichelte meine Hand. Ich wollte nicht einschlafen, weil ich sie dann nicht mehr riechen konnte.

Morgens sang sie. Sie hatte sich für ihren Auftritt am Wannsee drei Lieder überlegt.

»Tristan sagt, wenns gut läuft, krieg ich einen festen Abend im Café Nanu. Er besorgt mir einen Ariernachweis für die Reichsmusikkammer.«

»Sagt Tristan.«

»Meinen Namen werden sie draußen anschlagen.«

»Ist das nicht gefährlich?«

»Wieso gefährlich?«

»Weil du Jüdin bist.«

Stella lachte irgendwie.

Sie sagte: »Hast du mal überlegt, ob es vielleicht einen Grund gibt, dass alle die Juden hassen?«

»Was heißt Neschume?«, fragte ich.

Sie kam auf mich zu. Ich glaubte, sie würde mich schlagen.

Das Wort berührte etwas in ihr, das sie im Alltag hinter ihrem Lächeln verbarg.

»Wo hast du das gehört?«

Ihr Berliner Dialekt war verschwunden. Sie sprach akzentfreies Hochdeutsch.

»Bei dir«, sagte ich.

»Das hab ich nie gesagt.«

»Im Schlaf.«

»Du lügst.«

Stella kam nah an mich heran. Ich schaute in ihre weiten Pupillen.

»Ich spüre dich gar nicht«, sagte sie, »ich bin mir nicht mehr sicher mit dir.«

»Du sprichst Hochdeutsch.«

Sie lächelte müde. Ich wusste nicht, was von dieser Frau blieb, wenn ich alle Lügen abzog.

»Du konntest es die ganze Zeit, oder?«

»Ach, Junge.«

Sie atmete tief ein.

Ich verstand endlich. Es gibt einen Moment in jeder Liebe, an dem es zu spät ist für Antworten.

»Neschume«, sagte ich.

»Hör auf, du weißt ja gar nicht, was du sagst.«

»Neschume.«

Ihre Lippen glänzten.

»Fritz, was haben wir gemacht?«

Ich schmeckte das Salz der Tränen, die über ihre Oberlippe

rollten. Ich öffnete meine Hose, hob Stella hoch und setzte sie auf den Sekretär neben der Staffelei.

Wenn ich sie zeichnen könnte, würde ich sie so zeichnen. Wie sie auf dem Sekretär sitzt, ihre Hände hinter meinem Nacken verschränkt, den Rücken durchdrückt und den Kopf nach hinten legt gegen das Fensterglas.

»Du bist schön, wenn du weinst«, sagte ich.

Sie spielte mit einer Hand in meinem Haar.

»Bitte sing nicht«, sagte ich.

»Neschume«, sagte sie, und bei ihr klang es richtig.

»Stella, hörst du mich?«

»Das ist Jiddisch.«

Sie war noch einmal warm und weich. Ich schwieg.

»Es heißt Seele.«

Es regnete in Berlin am Heiligabend des Jahres 1942. Im Foyer des Grand Hotel stand ein Tannenbaum, an dem Kerzen brannten. Stella schlief noch, als ich am Morgen das Hotel verließ und einen Spaziergang durch die Stadt machte. Im Tiergarten sah ich Frauen, die Feuerholz sammelten.

Zurück im Hotel ging ich an die Bar und bestellte bei Franz ein Frühstück. Manche Lebensmittel wurden nun auch im Grand Hotel rar, aber wenn man genug Geld gab, servierten die Ober noch Bohnenkaffee.

Ich ging in unser Zimmer und streichelte Stellas Fuß, der unter der Decke hervorschaute. Sie blieb liegen, als zwei livrierte Männer den Tisch aufstellten und deckten.

»Was soll ich dir bringen?«, fragte ich.

»Kleiner?«

»Ja.«

»Du bist so lieb.«

»Kaffee?«

»Ja, und eine Schrippe mit Marmelade.«

Ich tat zwei Löffel Marmelade auf jede Hälfte, wie sie es mochte.

»Heute ist der Tag«, sagte sie, als sie sich aufsetzte und die Tasse auf die Decke stellte.

Wir lagen im Bett und hörten dem Regen zu, der auf die kupferne Fensterbank prasselte. Als ich Stellas Händedruck spürte, dachte ich, dass am Ende vielleicht alles gut werden könnte.

Am Nachmittag badeten wir gemeinsam mit viel Seife. Danach saß sie nackt vor dem Spiegel und schminkte sich. Ich nahm den Kamm aus Büffelhorn, der einmal meiner Mutter gehört hatte, und kämmte Stella die Haare.

Ich stotterte.

»Die Wahrheit, sie … ich. Sie ist nicht wie Hibiskus.«

»Was?«

»Hibiskus … ich …«

Stella legte den Rougeschwamm weg, schlang beide Arme um eins meiner Beine und drückte sich an mich.

»Schon gut«, sagte sie. Schon gut. Das Rouge hinterließ einen Fleck auf meiner Hose.

Als Stella noch im Bad saß, ging ich zum Kleiderschrank und zog den Revolver zwischen den Hemden hervor.

Die Taxifahrt dauerte. Stella saß neben mir, sie rutschte auf dem Sitzpolster hin und her, sie sang Tonleitern. Der Fahrer trank Flaschenbier, schaute immer wieder in den Rückspiegel und sagte: »Ick kenn dir ja nicht, aber geht dit och leiser.«

Stella verstummte. Für einen Moment hörten wir nur den Regen auf dem Autodach.

»Meine Frau ist Sängerin«, sagte ich, »sie hat gleich einen Auftritt, also bitte, halten Sie den Mund.«

Stella griff nach meinem Zeigefinger und umschloss ihn.

»Es ist alles meine Schuld«, sagte sie leise. Ich spürte ihren Atem an meinem Hals.

»Schuld gibt es gar nicht«, sagte ich.

Wir kamen spät. Tristan eilte uns in der Auffahrt entgegen. Eine regenschwere Fahne hing an einem Mast. Tristan begrüßte Stella mit Küsschen.

»Frohe Weihnachten und Heil Hitler.«

Er umarmte mich.

»Komm doch mal wieder vorbei«, sagte er.

Stella sah an diesem Abend schön aus, einmal will ich das noch sagen. Das Jahr hatte ihre Weichheit genommen. Sie war zu dünn geworden. Sie trug kaum Schminke, ihr blondes Haar hatte sie zu einer Wasserwelle geformt, bald würde es wieder lang genug für einen Dutt sein. Am Handgelenk trug sie die Uhr, die Vater ihr geschenkt hatte. Mit ihren Absätzen war Stella größer als ich.

Die Villa roch nach Lebkuchen, Bienenwachs und Tannennadeln. Tristan führte Stella durch die Säle. Alle Gäste schauten sie an.

Sie spielte keine Rolle, das begriff ich, als ich an der Tapete lehnte und Tristan und sie beobachtete, wie sie durch den Saal gingen. So ist sie nicht wirklich, hatte ich gedacht, als sie mit ihrem Ledermantel in die Stadt gegangen war. Nun verstand ich, dass sie auch so war.

Kellner schenkten moskowitischen Wodka aus, was die Gäste für einen gelungenen Scherz hielten. Stella trank nicht.

Als sie sich neben mir an die Tapete lehnte, flüsterte sie in mein Ohr: »Sag jetzt bitte nichts mehr.«

Ich nickte. Sie küsste meine Wange. Sie trug ihre Uhr links, und ich meine am rechten Handgelenk. Es machte ein klickendes Geräusch, als die Uhrengläser aneinanderstießen.

Ich wollte Stella nicht mehr ansehen. Sie griff nach meinem Kinn und drehte mein Gesicht zu ihrem.

»Hasst du mich jetzt?«, fragte sie.

Sie legte ihre Hände um meine Wangen und strich mit dem Daumen über meine Narbe. Das Licht der Kronleuchter spiegelte sich in ihren Pupillen.

»So, ich glaub, ich muss.«

»Viel Glück«, sagte ich.

Sie nickte.

»Danke für dieses Jahr.«

Stella ging durch die Menge zu einer kleinen Bühne, die vor der Glasfront zum Garten aufgebaut worden war. Darauf standen ein Flügel und ein Standmikrofon aus Metall. Der See lag in der Nacht dahinter.

Stella stieg auf die Bühne, die Pianistin nickte ihr zu. Die Gäste verstummten, viele trugen Uniform, manche der Männer hatten Knickerbocker an. Fast alle trugen Hakenkreuzbinden aus Baumwolle um den rechten Arm geschnürt. Ich spürte den Revolver in meinem Hosenbund.

Die Pianistin spielte einen verjazzten Auftakt zu *Die Nacht ist nicht allein zum Schlafen da*. Am anderen Ende des Saals sah ich Tristan auf dem Treppenaufgang, wie er mit dem Fuß wippte. Stella griff den Mikrofonständer mit beiden Händen.

Es war ein gutes Lied für sie mit ihrem gehauchten Berliner Dialekt. Sie sang das Lied, wie ich es nie wieder hören würde.

Als die Pianistin den letzten Ton spielte, schwiegen die Zuhörer im Saal ein paar Sekunden, bevor der Applaus losbrach. Stella war in diesem Moment dort, wo sie sein wollte.

In der Großen Hamburger Straße kauerten Toni und Gerhard Goldschlag auf dem Fußboden und vielleicht hielten sie sich an den Händen.

Ich werde dich niemals verlassen, ich schwöre es.

Verrat ist ein großes Wort.

Als Nächstes sang Stella das *Deutschlandlied*, nach ein paar Tönen sangen die Männer mit.

Vor dem dritten Lied hielt sie einen Moment inne, sie atmete ein paarmal durch, als würde sie überlegen, aber ich wusste, dass sie vor langer Zeit am Ende ihrer Überlegungen angekommen war. Sie schaute mich durch den Saal an und nickte mir zu. Sie sagte: »Danke, dass ich leben darf.«
Einige Gäste schauten sich an, ein paar sprachen leise miteinander, einige lachten, als hätte sie einen Witz gemacht. Eine Frau hob den rechten Arm. Die Pianistin spielte die ersten Akkorde von *Stardust*.
Immer wieder würde ich in meinem Leben dieses Lied hören. *Stardust*. Es gehörte nicht in diese Villa auf Schwanenwerder am Wannsee, in dieses Jahr, zu diesen Menschen. Ich hörte, wie Stella sang:

Sometimes I wonder
Why I spend the lonely nights
Dreaming of a song
The melody
Haunts my reverie
And I am once again with you
When our love was new
And each kiss an inspiration
But that was long ago
Now my consolation is in the stardust of a song

Sie schaute mich an, wie ich mich von der Tapete wegdrückte und hinten durch die Reihen des Saals zur Tür ging. Ich konnte in ihrem Gesicht keine Veränderung erkennen, aber ich wusste, dass sie mich sah. Die Töne klangen klar.

Draußen standen die Taxifahrer und rauchten.

»Wohin?«

Ich hörte Applaus, bevor ich die Wagentür zuzog.

»Anhalter Bahnhof, bitte.«

Ich wusste, dass jeden Mittwochabend ein Nachtzug nach Süden fuhr, und hoffte, dass das auch für Heiligabend galt. Wahrscheinlich schon, die Deutschen mochten ihre Pläne. Ich fuhr nicht zurück ins Grand Hotel. Ich nahm nichts mit. Ich war in diese Stadt gekommen, weil ich dachte, es sei wichtig, dass ich die Gerüchte von der Wahrheit trenne, und jetzt floh ich vor ihr. Ich hinterließ keinen Brief und sagte niemandem Auf Wiedersehen, weil es kein Wiedersehen geben würde.

Als wir die Spree überquerten, bat ich den Chauffeur zu halten. Ich stieg aus, zog den Revolver aus meinem Hosenbund und ließ ihn ins Wasser fallen.

Der Zug stand im Gleis. Beim Schaffner löste ich eine Fahrkarte für eine Einzelkabine. Dann ging ich zu einem der Handkarrenverkäufer auf dem Bahnhofsvorplatz und kaufte eine Tüte Äpfel. Ich überließ dem Händler meine übrigen Lebensmittelmarken.

Als der Zug anrollte, dachte ich an das Leben, das ich nicht haben würde.

Ich könnte mich ablenken, eine andere heiraten und so tun, als hätte es Stella nie gegeben. Ich würde lachen. Ich würde mich betrinken und von ihr sprechen, als wäre sie meine

Trophäe gewesen, obwohl ich wusste, dass das Gegenteil stimmte. Ich könnte sagen, am Ende meines Lebens will ich mein Glück nicht daran messen, wie sehr ich geliebt wurde, sondern daran, wie sehr ich geliebt habe. Ich könnte versuchen, sie zu vergessen. Das Leben formt uns zu Lügnern.

Jede Flasche Champagner erinnert mich an sie, jeder Apfel, jedes Stück Kohle, jeder Akt, jeder Jazzstandard, jedes Praliné, jedes Pünktchen, jede durchtanzte Nacht, das Wort »Berlin«, das Wort »Hotel«, das Wort »Jude«.

Ich dachte an die Frau, die einen Tirolerhut trug, schief aufgesetzt, manchmal ein dunkles Seidenkleid von Chanel und manchmal einen Ledermantel. Ein Mädchen, 21 Jahre alt, das auf den Namen Kristin hörte und Stella Ingrid Goldschlag hieß.

Ich dachte an eine Lügnerin. Ich wusste nicht, wie viele Menschen sie verraten hatte, hundert, zweihundert. Ich dachte an meine Frau. Ich dachte an dich.

Du, mit deiner Zahnlücke und deinen weichen, dicken Haaren. Wir hätten geheiratet im April am See. Ich hätte dir ein Theater gebaut und dir Kleider mit Pailletten geklaut. Du hättest Wiener Walzer mit mir getanzt, unsicher, aber glücklich. Du wärst die Mutter meiner Kinder geworden. Wir hätten uns im Park an den Händen gehalten. Ich hätte mit dir den Orientexpress genommen bis Istanbul und mit dir gezuckerten Kaffee auf dem Basar getrunken. Du hättest die Wände unseres Hauses bunt gestrichen. Du hättest neben mir im Auto gesessen, und wir hätten alberne

Lieder gesungen. Jeden Morgen wärst du in meinen Armen erwacht, ich hätte dich nie losgelassen. Ich hätte dir die Wahrheit gesagt.

Der Zug rollte an. Ich entknotete meine Fliege und steckte sie in die Innentasche meines Smokings, meine Fingerspitzen berührten einen Zettel.

Vater hatte Unrecht. Es gibt Schuld.

Ich schaute aus dem Fenster auf die Lichter Berlins und wusste, dass mir für immer etwas fehlen würde, aber ich war auch dankbar. Du wirst meine schönste Erinnerung bleiben. Danke, dass du mir gezeigt hast, was Liebe ist.

In meinem Schoß lag die Tüte mit Äpfeln, als der Zug beschleunigte und nach Süden fuhr.

Nach und nach verglommen die Lichter der Stadt, bis wir zu schnell waren und es kein Zurück mehr gab und Deutschland in Finsternis lag.

Ich zog das Fenster einen Spalt auf, nahm den Zettel aus der Innentasche meines Smokings und warf ihn in den Wind.

*

Frage: Welche Schuld messen Sie sich nun selbst zu in Anbetracht Ihres abgelegten Geständnisses?

Antw.: Als ich in den Zeitungen gelesen habe, daß ich so viele Frauen, Kinder und Männer ins Unglück gebracht haben soll, da hat mich das wahnsinnig beunruhigt, da habe ich mal selbst mit meinem Gewissen gesprochen und bin zu der Überzeugung gekommen, daß die einzigste Schuld und das einzigste Verbrechen, welches ich begangen habe, das war, daß ich mich als Jüdin in einen Außendienst der Gestapo stellen ließ. Ich bemerke aber, daß ohne mein eigenes Wollen ich zu diesem Gestapodienst kam. Soweit ich mich erinnere, habe ich alle Fälle, von denen ich wußte, freiwillig geschildert. Die Zeit ist aber zu lang, um mich jeder Einzelheit genau zu erinnern. Ich habe einstweilen keine weiteren Angaben zu machen.

8. März 1946,
Kriminalkommissariat Berlin, Dienststelle KJ F -zbV-

EPILOG

Kurz nach Weihnachten 1942 nahmen Polizisten der Geheimen Staatspolizei Tristan von Appen in seiner Wohnung am Savignyplatz fest. Sie fanden ihn an einem Tisch sitzend, der gedeckt war mit Roquefort und Süßrahmbutter. Auf einem Grammophon lief während der Festnahme der indexierte Jazzstandard *Moonlight* von Benny Goodman. Es kam zur Verhaftung, weil ein anonymer Anrufer aus dem Ausland der Geheimen Staatspolizei einen Hinweis gegeben hatte.

Die Staatsanwaltschaft erhob im Eilverfahren Anklage wegen Sabotage, Schleichhandels und Vaterlandsverrat gegen von Appen, weil er gegen die Kriegswirtschaftsverordnung, das Lebensmittelgesetz und gegen die Volksschädlingsverordnung verstoßen hatte. Der Richter sprach in seinem Urteil von einem Präzedenzfall, da von Appen Obersturmbannführer der SS war, und verurteilte ihn zum Tode durch den Strang. Er wurde in Berlin-Schöneberg gehängt. Die Arbeit am sogenannten Madagaskarplan wurde eingestellt.

Walter Dobberke arbeitete bis Kriegsende im Sammellager in der Großen Hamburger Straße. Im Jahr 1945 starb er in einem sowjetischen Kriegsgefangenenlager in Posen an Diphterie. Seine Schleimhäute in Rachen und Kehlkopf schwollen an, seine Atemwege verengten sich, Dobberke erstickte.

Noah K. wurde deportiert und überlebte, weil er sich freiwillig für die Boxstaffel in Auschwitz meldete. Er lebt heute in Israel am Ende einer Palmenallee. Seine Geschichte geht weiter.

Cioma Schönhaus floh im Jahr 1943 von Berlin mit dem Fahrrad in die Schweiz. Er nutzte seine besten Papiere dafür, einen gefälschten Wehrpass, und passierte damit jede Kontrolle. In Basel absolvierte er mit Hilfe eines Stipendiums eine Ausbildung zum Grafiker an der Kunstgewerbeschule und arbeitete später in dem Beruf. Er bekam vier Söhne und wurde 92 Jahre alt.

Toni und Gerhard Goldschlag wurden im Jahr 1943 gezwungen, in einen Zug zu steigen, fuhren nach Auschwitz und starben dort.

Joseph Goebbels erklärte am 19. Juni 1943 Berlin als judenrein.

Stella Goldschlag gebar im September 1943 eine Tochter und nannte sie Yvonne. Es konnte nie geklärt werden, wer der Vater war.

Goldschlag arbeitete bis Kriegsende für die Geheime Staatspolizei, auch nach dem Tod ihrer Eltern. Warum sie weiter Juden jagte, nachdem ihre Eltern vergast worden waren, erklärte sie nie.

Sie heiratete fünf Mal. Keine der Ehen hielt.

Nach dem Krieg versuchte sie, sich in Berlin als Opfer des Faschismus registrieren zu lassen. Berliner Juden erkannten sie und ließen sie verhaften. Ein sowjetisches Militärtribunal verurteilte sie am 31. Mai 1946 zu zehn Jahren Zuchthaus wegen Beihilfe zum Mord. Die zitierten Zeugenaussagen entstammen diesem Verfahren.

Goldschlags Tochter kam zu einer Pflegefamilie.

Es konnte nie ermittelt werden, wie viele Juden Stella Goldschlag an die Geheime Staatspolizei verraten hatte. Die meisten ihrer Opfer waren tot, als die Staatsanwaltschaft Anklage erhob. Es ist von mehreren hundert Menschen auszugehen.

Goldschlag wurde, nachdem sie ihre Haftstrafe verbüßt hatte, im Jahr 1958 erneut angeklagt, dieses Mal am Kriminalgericht Moabit, und zu zehn Jahren Haft verurteilt. Da sie bereits eine Strafe für ihre Verbrechen verbüßt hatte, durfte sie in Freiheit bleiben. Im Jahr 1994 sprang Stella Goldschlag aus einem Fenster ihrer Wohnung in Freiburg, Baden, schlug unten auf den Beton und starb.

Die Beerdigung fand auf dem evangelischen Friedhof hinter der Erlöserkirche statt. Goldschlag war nach dem Krieg zum Christentum konvertiert. Keiner ihrer geschiedenen Ehemänner erschien zur Beerdigung. Ihre Tochter Yvonne, die in Israel lebt, blieb ebenfalls fern. Sie hatte seit Jahren keinen Kontakt zu ihrer Mutter gehabt.

Zur Beerdigung kamen zwei Menschen. Die Pfarrerin und ein alter Mann. Er legte Sonnenblumen auf den Sarg.

Die Pfarrerin hielt eine knappe Grabrede. Die Kosten für das Grab wurden durch eine Treuhandgesellschaft beglichen.

Als die Pfarrerin später über den Friedhof ging, sah sie etwas am Grab der Stella Goldschlag, das ihre Aufmerksamkeit fing. Oben auf der Kante des Holzkreuzes lag eine Armbanduhr.

QUELLEN

Prozessakten zum Fall Stella Goldschlags: Landesarchiv
Berlin. B Rep. 058 Staatsanwaltschaft beim Landgericht
Berlin, Nr. 1849, 1852–1856, 2486–2489.

Irving Abrahamson: Artikel »She Saved Herself In The
Holocaust By Betraying Others«. Chicago Tribune,
Januar 1993.

Carsten Dams, Michael Stolle: Die Gestapo. Herrschaft
und Terror im Dritten Reich. München: C.H.Beck
2008.

Inge Deutschkron: Ich trug den gelben Stern. München:
dtv 2016.

Leonard Gross: The Last Jews in Berlin. New York: Basic
Books 1999.

Edith Hahn-Beer: Ich will leben! Briefe und Dokumente
der Wiener Jüdin Edith Hahn-Beer: Arbeitslager
und U-Boot in Nazi-Deutschland. Münster: Ugarit
1996.

Andreas Hilger, Mike Schmeitzner, Ute Schmidt (Hg.):
Sowjetische Militärtribunale. Band 2: Die Verurteilung
deutscher Zivilisten 1945–1955. Wien, Köln, Weimar:
Böhlau 2004.

Christopher Isherwood: Leb wohl, Berlin. Hamburg: Hoffmann und Campe 2014.

Beate Kosmala: Artikel »Meisterstück eines Passfälschers«. https://www.museumsportal-berlin.de/de/magazin/ blickfange/meisterstuck-eines-passfalschers/.

Ferdinand Kroh: David kämpft. Vom jüdischen Widerstand gegen Hitler. Reinbek: Rowohlt 2000.

Carl-Ludwig Paeschke, Laurenz Demps: Das Hotel Adlon. Berlin: Nicolai 1997.

Martin Ros: Schakale des Dritten Reiches. Untergang der Kollaborateure 1944–1945. Stuttgart: Neske 1997.

Cioma Schönhaus: The Forger. An Extraordinary Story of Survival in Wartime Berlin. Boston: Da Capo Press 2008.

William L. Shirer: Berliner Tagebuch. Band 1: Aufzeichnungen 1934–1941, Band 2: Das Ende 1944–1945. Leipzig: Gustav Kiepenheuer Verlag 1991 (Bd. 1) bzw. 1994 (Bd. 2).

Peter Wyden: Stella. New York: Simon & Schuster 1992 (dt. Göttingen: Steidl 1993).

DANK

Ich danke dem Landesarchiv Berlin für die Zeit, die ich dort recherchieren durfte. Ich danke der Gedenkstätte Deutscher Widerstand. Ich danke meiner Tante Eva dafür, dass du die Zeugenaussagen für mich abgeschrieben hast. Danke an Karin Graf, meiner Agentin. Ich danke Johanna Erler für den Satz: »Du schreibst, als hättest du keine Gefühle.« Ich danke Isabel Bogdan dafür, immer da zu sein, wenn ich dich brauche. Ich danke Anja Pahl für die Berliner Grammatik. Ich danke Christian Lauenstein für den Satz: »Der Vogel ist farbenblind, wie kann er blond sehen?« Ich danke Jonathan Stock für den Satz: »Können wir mal einen Abend über was anderes reden als über Stella?« Ich danke Heike Kottmann für den Satz: »Natürlich lese ich.« Ich danke Peter Haag von Kein & Aber, du hast mich zum Schriftsteller gemacht. Ich danke Benjamin Maack für die Zeit. Danke, Andreas Sedlmair, für die Beratung bei Fragen zur Geschichte. Danke an das Literarische Colloquium Berlin für das Turmzimmer. Danke, J. Danke, Sylvia. Danke, Uwe Klußmann, für die Goebbels-Zitate. Ich danke allen, die sagen, ich hätte *Der Club* nochmal geschrieben, ihr habt mich durchschaut. Danke an Thore, du bist der Zauberer.

Dieses Buch ist das Werk eines Kollektivs. Die Menschen aus dem Hanser Verlag haben diesen Roman zu dem gemacht, was er ist. Danke, Stefanie Schelleis und Peter Hassiepen, für die Gestaltung. Danke, Friederike Barakat, für die abendlichen Telefonate. Danke, Vick, für deine Coolness. Danke, Sabine Lohmüller, für die Ideen, die Energie und die Geduld. Danke dem Vertrieb für den Morgen in der Sonne und dafür, dass ihr euch nicht abhalten lasst, bloß weil Dinge unmöglich sind. Danke, Kessler, du Teufelskerl, für dein Feuer. Danke an meinen Verleger und Lektor Jo Lendle für den Satz: »Ich habe Ihren Roman auf einem Vulkan zu Ende gelesen.« Danke für dein Vertrauen, für jeden Konjunktiv II, für jede Streichung jedes pathetischen Satzes (und dafür, dass ich ein paar drinlassen durfte). Eine Frage noch, die ich mich nie getraut habe zu stellen, Jo: Heißt du echt »Jo«?

Ohne Buchhändler würde es dieses Buch nicht geben. Ihr habt entschieden, dass mein Debüt *Der Club* ein Erfolg wurde. Nur deshalb konnte ich *Stella* schreiben. Danke an alle Buchhändler für euer Vertrauen, danke fürs Lesen nach Feierabend und jede Empfehlung.

Ich danke meinem Vater, Karl-Richard Würger, für den Satz: »Ein Mann kann nicht zwei Melonen tragen.« Ich danke meiner Mutter, Johanna Keibel, dass sie diesen Roman vielleicht öfter gelesen hat, als ich ihn selbst gelesen habe. Mama, du bist die beste Lektorin der Welt. Ich liebe euch.

Was denken Sie über dieses Buch? Ich beantworte jede
Nachricht: takis.wuerger@gmail.com

Takis Würger, geboren 1985, hat an der Henri-Nannen-Journalistenschule das Schreiben gelernt und Ideengeschichte in Cambridge studiert. Er arbeitet als Redakteur für das Nachrichtenmagazin *Der Spiegel*. 2017 erschien sein Debütroman *Der Club*, der mit dem Debütpreis der lit.Cologne ausgezeichnet wurde und für den aspekte-Literaturpreis nominiert war. Takis Würger lebt in Berlin.